# LOUP Y ES-TU ?

# LOUP Y ES-TU ?

CHARLOTTE BOUSQUET

Glénat

Pour Karine, qui sait les multiples formes du langage.
Pour Myriam, sœur de lune.

**www.glenat.com**


Couvent Sainte-Cécile, 37 rue Servan, 38000 Grenoble
Loi n°49-956 du 16 juillet 1949 sur les publications
destinées à la jeunesse.

Dépôt légal : octobre 2021
ISBN : 978-2-344-04702-6
Achevé d'imprimer en Espagne en août 2021 par Liberduplex,
sur papier provenant de forêts gérées de manière durable.

La couverture a été réalisée en utilisant les ressources
de Pexels.com (photo de Vincent M.A. Janssen).

PEFC PEFC/14-38-00302

*Souvent, le cœur sait mieux que l'esprit ce qu'il ressent.*
Frans de Waal, *La Dernière Étreinte*

Nous sommes organisés et patients.

*Nous l'avons repéré il y a un moment, déjà. Un chevreuil. Seul. Amaigri. Nous avons perçu sa faiblesse. Nous l'avons pris en chasse.*

*Les jeunes nous ralentissent. Ils n'ont pas encore l'habitude et la traque est épuisante pour eux. Alors nous adaptons notre rythme. Et l'un de nous reste en arrière pour s'assurer qu'ils ne se perdent pas en route.*

*Nous sommes lents. Notre proie l'est plus encore. Nous sentons sa sueur, sa fatigue et sa peur. Elles nous guident. Une piste claire, qu'aucune autre odeur – résine, miel, humus – ne peut effacer.*

*Enfin, nous l'apercevons.*

*Le chevreuil est tombé dans une combe. Il peine à se relever. Il est essoufflé. Il est blessé. Nous percevons les battements douloureux de son cœur. Nous l'encerclons. Tactique simple. Deux d'entre nous foncent droit sur lui. Il secoue la tête, pointe ses bois vers nous, menaçant, tombant droit dans le piège que nous lui tendons. Nous attaquons ses jarrets. Il perd l'équilibre.*

*C'est fini.*

*L'une de nous arrache un grand morceau de chair juteuse et l'offre aux petits. Ceux-ci, affamés, se jettent dessus en grognant. Nous mangeons ensuite, profitant de chaque bouchée, de chaque gorgée de sang. Enfin, repue, notre famille peut prendre du repos.*

*Nous repartirons ce soir, à la faveur du crépuscule, guidés par la voix du plus hardi d'entre nous, parti en quête d'un nouveau territoire pour notre meute.*

*Plus riche en gibier.*

*Plus proche des hommes et de leurs tanières, aussi.*

# -1-

Les portes du car se referment avec un grincement. Le véhicule s'éloigne, la fumée du pot d'échappement se mêlant aux parfums de résine et de mousse. Me voici seule avec mes bagages sur le bas-côté de la route. Dans un film américain, il y aurait eu des volutes de poussière, un gros plan sur mes pieds bottés de cuir, un *travelling* sur ma silhouette longiligne et mes cheveux bleus balayés par le vent, et quelques notes d'harmonica pile au moment où la caméra aurait dévoilé mon visage impassible et mes yeux bleu glacier. Sauf qu'on n'est pas dans un film américain. Même pas dans une série. On est dans une vallée paumée, en France. Je n'ai ni flingue à la ceinture ni cigarillo au coin des lèvres. Je ne suis pas ici pour régler mes comptes avec de vieux ennemis ou venger un fiancé/père/frère assassiné. Je suis là parce que je n'ai nulle part où aller. C'est comme ça. Enfin, c'est surtout la seule échappatoire que j'ai trouvée pour claquer la porte de chez eux sans me retrouver à la rue. Par « chez eux », je veux dire : mon beau-père Olivier, ma mère et Violette, ma demi-sœur trop sage et trop bien élevée.

Alors, me voilà. Avec mes grosses DocMartens à fleurs, mon débardeur et mon jean troué, mon tatouage sur l'intérieur du poignet – une feuille d'arbre elfique. Le cadeau que je me suis offert pour mes dix-huit ans, le mois dernier. La goutte d'eau qui a fait déborder le vase de ce qu'Olivier pouvait supporter.

Je regarde les lignes d'encre noire, les nuances des nervures – cela suffit à chasser les ombres des dernières semaines, des derniers mois.

Je me redresse, je prends dans ma banane le vieux portable que je traîne depuis le collège et je textote mon père.

Je suis à l'arrêt de bus.
Je t'attends. Clara.

Il m'avait dit de le prévenir avant d'arriver, mais j'ai zappé.

Je serai là dans
une demi-heure.

Voilà. Les dés de ma nouvelle vie sont jetés.

Mon père. Deux ans que je ne l'ai pas vu, deux ans qu'on n'a pas communiqué, sauf par téléphone et encore, pas souvent. Ensuite, entre son virage professionnel à 360° et son déménagement, mes propres obligations et galères, on n'a pas vraiment eu le temps de renforcer nos liens, lui et moi.

Et puis, la dernière fois qu'on a vraiment passé du temps ensemble, ça ne s'est pas très bien terminé. C'était l'année de mes quinze ans, pendant les vacances de Pâques en Italie. Je l'ai supplié de me permettre de vivre chez lui. Il a refusé. Le ton, entre nous, est monté. Très vite. Très fort. Il y a eu des insultes de mon côté. Une gifle du sien. Notre lien s'est brisé. Net.

Après cela, on n'a pas coupé les ponts, mais nos conversations se sont limitées au strict minimum. À l'époque, mes cheveux étaient un peu moins longs, un peu moins bleus aussi. Et lui ? Est-ce qu'il a beaucoup changé ? Passer du jour au lendemain de graphiste et designer plus branché tu meurs à écocitoyen modèle au fin fond de nulle part, c'est un sacré grand écart ! Assez en tout cas pour m'accepter dans sa vie, cette fois. J'imagine que le passage d'un deux-pièces encombré en plein Paris à une maison retapée en pleine cambrousse y est pour quelque chose.

Comment ce sera entre nous, cette fois ? Je verrai bien, étant donné que je suis partie pour rester avec lui cet été au moins. Après, je ne sais pas.

Il fait chaud. Super chaud, même. Je fouille à l'intérieur de mon fourre-tout. Ma gourde est vide. En revanche, mon précieux, mon meilleur ami est là, qui m'attend : mon appareil photo. Sa vue suffit à me rendre le sourire et à me faire – un peu – oublier ma soif. Je le prends, j'enlève le cache et je commence à regarder autour de moi, en quête d'un truc, des couleurs, un détail, un instant à capturer. Il y a mes affaires, sur le bord de la route. Le jaune de la toile sur le gris-noir du goudron. Les graviers sur le bas-côté. Un mètre plus haut, le panneau bleu et blanc de l'arrêt de bus. Inspiration soudaine. J'enlève mes chaussures. Je les place devant mes bagages.

Je recule, m'agenouille, j'effectue quelques prises de vues avant de changer de position. Je me mets à plat ventre, me plonge dans le détail de ce que cette mise en scène suscite en moi.

*Bus stop*. Changement de vie. Disparition. *Road trip*. Les visions se succèdent.

Un papillon blanc se pose avec délicatesse sur la tige de ma DocMartens droite. Je retiens mon souffle, je mitraille, heureuse de cette participation spontanée de la nature à cette séance improvisée.

Une bourrasque balaie soudain la route, charriant des parfums de résine, de miel et de mousse. Je les inspire à pleines narines ; je perçois, comme si mes oreilles se débouchaient d'un seul coup, les chants et les gazouillis, le bruissement du vent dans les branches et un cri perçant dans le ciel de juillet. En levant la tête, je reconnais la silhouette fuselée d'un rapace, si haut qu'il semble se fondre dans le soleil. Puis il plonge, fauche en plein vol un oiseau que je n'avais pas remarqué auparavant.

– Wow…

J'ai parlé à voix haute : le son de ma propre voix me fait sursauter.

Je prends soudain conscience que je suis seule, ici.

Seule, au milieu de nulle part.

À ma droite, la route qui grimpe vers le col, la roche et les sapins. À ma gauche, des sapins, une pente abrupte. En face, des sommets vert sombre, environnés de brume, des à-pics, des sapins – *again*. En bas, invisibles d'ici, une vallée, une rivière, la petite ville où mon train s'est arrêté. Si mon père ne se pointe pas, il pourrait changer d'avis ou avoir un pneu crevé, au choix, je fais quoi, moi ? Le prochain bus passe dans… Merde, je n'en sais rien ! À la gare routière, j'ai évidemment oublié de prendre le dépliant avec les horaires. Si ça se trouve, je vais rester coincée ici jusqu'à demain matin. Aucune bagnole, aucun car à l'horizon. Et puis, de toute façon, le stop, ce n'est pas mon truc.

J'ai vu trop de films avec des tueurs en série pour ça.

– OK, Clara. Ne panique pas. Tu n'es pas au fin fond des Appalaches, tu es en France, la batterie de ton téléphone est chargée. Il y a même du réseau. Tout. Va. Bien…

Ma voix me semble faible et ridicule, dans le silence. L'espace de quelques instants, je regrette d'avoir claqué définitivement la porte du pavillon de mon beau-père. Enghien-les-Bains, ce n'était peut-être pas si mal, après tout ?

Bruit de moteur. Un peu de civilisation dans une nature qui me fout la trouille !

Une voiture blanche apparaît en haut du tournant et ralentit – c'est mon père.

– Je fais demi-tour au prochain tournant, ce sera plus prudent, et j'arrive !

Il porte toujours une barbe de trois jours, une tignasse en bataille, mais sa peau est hâlée et ses yeux bleus pétillent. À Paris, il avait toujours l'air fatigué et soucieux.

– Me revoilà ! clame-t-il, en se garant à côté de moi.

Il ouvre la portière, se plante devant moi, penche la tête de côté avant de me serrer très fort contre son cœur. À la fois décontenancée et émue, je lui rends maladroitement son étreinte. Sa chaleur, son parfum légèrement citronné m'enveloppent. Je me sens bien, même si j'ai du mal à me laisser aller. Un câlin parental, ça fait un bail que je n'en ai pas eu.

Enfin, il recule, m'examine, plissant les paupières.

– Tu as un sacré look, ma puce !

– Ça te plaît pas ? dis-je, d'un ton agressif malgré moi.

– Ça te va très bien. C'est juste que la dernière fois que je t'ai vue, tes choix vestimentaires étaient plus neutres, répond-il prudemment. En tout cas, c'est original. Et le bleu de tes cheveux est assorti à tes yeux, c'est très joli, ajoute-t-il avec un sourire.

– Merci.

– On y va ?

J'acquiesce, je balance mes sacs de voyage dans le coffre et grimpe sur le siège à côté de lui. Quand il démarre, le lecteur USB se met en route. Les premières notes de *Come As You Are* de Nirvana résonnent dans l'habitacle. Cette chanson, je la connais par cœur. Il l'écoutait si souvent, quand j'étais petite, que j'ai fini par l'associer à lui.

En chœur, on reprend les paroles à tue-tête.

– Je suis content que tu n'aies pas oublié, sourit-il à la fin du morceau.

– Quand même, papa...

Papa. Ça fait tout drôle de prononcer ce mot.

– Ce n'était pas trop long, le train ?

– Ça va. J'ai écouté de la musique, j'ai lu...

– Quoi ? Une nouvelle saga de *fantasy* ?

Il prononce « fantâsie », à la française, avec une pointe de condescendance involontaire. Un point commun entre mon beau-père et lui. L'un par manque d'ouverture d'esprit, l'autre par snobisme. Et c'est peut-être la même chose, dans le fond. Ni l'un ni l'autre n'ont jamais compris pourquoi j'aime tant les univers imaginaires.

– Non. Un bouquin sur Diane Arbus*. Une photographe américaine.

– C'est vrai. La photo est une passion chez toi.

– Plus qu'une passion. C'est le seul...

Je m'interromps, je ravale mes mots, baisse la vitre le temps de trouver autre chose.

– Je veux en faire mon métier.

---

* Diane Arbus (1923-1971) est une photographe et portraitiste américaine dont l'œuvre, dérangeante et profonde, s'attache à montrer ce qui est habituellement caché, ou jugé choquant par la société : les *freaks* et les marginaux.

Et c'est la vérité. Je ne lui dis pas que, sans elle, il y a longtemps que je serais partie en vrille. On roule encore un moment avant d'atteindre le col. De l'autre côté, une large vallée entourée de montagnes, un lac, une vaste forêt et plusieurs bourgs reliés par des routes ressemblant à de longs serpents gris.

– C'est super beau ! Et... tu habites où ?

– Saint-Lunaire. C'est le troisième village, là-bas, me dit-il. Nous y serons dans une dizaine de minutes. Tu verras, c'est un lieu serein et sympa. Tu auras tout le temps que tu veux pour t'y ressourcer...

Je ne sais pas trop ce qu'il veut dire par là. Que j'aurai enfin la possibilité de souffler ? Que je pourrai y rester jusqu'à ce que j'aille mieux ? Que son accueil est temporaire ? Dans le doute, je me tais. Je contemple le paysage. Les panneaux de signalisation : Saint-Lunaire 3 km ; Saint-Lunaire 1,5 km ; et à l'entrée du village, en lettres rouges sur fond blanc :

*Bienvenue à Saint-Lunaire !*

*On n'a plus de train. On n'a plus d'hôpital. Mais notre boulanger assure. Nos maraîchers sont au top. Nos moutons sont heureux. Nos coqs chantent.*

*Notre faune et notre flore sont protégées.*

## -2-

Depuis cet après-midi, ma tanière, c'est le petit studio au fond du jardin, avec véranda de bois et vieux fauteuil à bascule.

Du bois, un canapé-lit, un petit bureau, une salle de douche avec chauffe-eau solaire et toilettes sèches, des étagères pleines de livres – pêle-mêle, poésie, guides touristiques, écologiques, essais sur le vivre ensemble et l'importance de la protection de la faune sauvage, trois romances américaines et deux vieux *Fantômette*. Au départ, mon père le louait pour les vacances et un itinérant y a logé au printemps. Je ne suis pas fan de la déco façon chalet, mais je dois avouer qu'avec la véranda, les fleurs sauvages et la vue sur les montagnes, c'est plutôt sympa.

En hiver, c'est sûrement plus compliqué. Je n'y serai peut-être plus, qui sait?

Mon père m'a laissé le temps de m'installer, de prendre mes marques, comme il a dit. J'ai déballé mes fringues. Enfin, celles qui me seront utiles cet été. J'ai posé un pavé de *fantasy* sur la table de nuit, et par-dessus la biographie de Diane Arbus. Cette photographe américaine me touche énormément:

les sujets de ses portraits, artistes, *freaks*, personnes ordinaires, métamorphosés en monstres par le prisme de son œil d'artiste, me prennent aux tripes. Et puis, il y a sa vie, bien sûr, tourmentée et complexe. Sous le pavé, le volcan !

Comme elle, j'aime les portraits.

Saisir un sourire malicieux, un éclat de tristesse dans un regard ; transfigurer un visage, le rendre étrange, étonnant, attirant. J'aime aussi imaginer des scènes un peu décalées – comme ma paire de chaussures au bord de la route. Parce que cela m'amuse. Parce que cela me permet aussi de proposer à ceux qui me suivent sur les réseaux un peu de rêve et de réflexion.

Je ne sais pas ce que je ferai, ici. Là, comme ça, tout de suite, les sapins m'inspirent moins que les quais du RER D.

Allez, on verra bien ! Pour le moment, je ne me vois pas arpenter les sentiers escarpés des montagnes et des forêts alentour, en quête DU cliché qui me rendra heureuse pour le reste de la journée, c'est vrai. Mais pour rien au monde je ne ferais marche arrière. Enghien, c'est terminé. Et puis, je me suis assurée qu'aucun retour en arrière ne soit possible, non ?

– Clara, le dîner est prêt !

– J'arrive, papa ! je réponds depuis la fenêtre ouverte.

Quelques minutes plus tard, nous sommes attablés, en face l'un de l'autre, au comptoir qui sépare le coin cuisine du salon. Murs de pierre brute, poutres apparentes, lumières tamisées et poêle à bois – éteint, en cette saison. L'ensemble, chaleureux et doux, est très différent de l'ancien deux-pièces qu'il occupait dans le 10e arrondissement. Moins blanc. Moins design. Moins impersonnel, aussi.

– Ça te plaît ? demande-t-il, me servant une salade avec des croûtons, des œufs durs et des tartines de fromage fondu.

– Beaucoup. C'est... simple. C'est cool. Vraiment.

– Je vois ce que tu veux dire. Et ton studio ?

– Ça va. Il est sympa, t'inquiète !

– Tant mieux. Tu sais ce qu'on raconte, plaisante-t-il. Ta maison reflète ta personnalité et tes états d'âme, alors...

Pour la première fois depuis nos retrouvailles, le sourire que nous échangeons est naturel, spontané.

– Comment t'as décidé de t'installer ici ?

Avant de répondre, il nous sert un jus de rhubarbe pétillant.

– À l'agence, c'était devenu l'horreur, explique-t-il après quelques instants de silence. On n'avait plus d'horaires. Il fallait être disponible pour une réunion n'importe quand, même le week-end, même en soirée. Pour sauver sa boîte, Michael répondait à plein d'appels d'offres, dans tous les sens et n'importe comment. On était tous à cran...

En l'écoutant, j'enregistre les informations, j'effectue des recoupements. Je me rappelle ses yeux cernés, quand on était en Italie et son irritabilité, l'après-midi durant lequel il s'est enfermé dans sa chambre pendant que je vadrouillais dans les rues de Bologne – et son refus, la veille de notre retour, de m'accueillir chez lui.

Pourquoi s'était-il réfugié derrière des prétextes minables, à l'époque, au lieu de m'expliquer clairement ce qu'il traversait?

– On a perdu des contrats. Michael a viré des gens. Du jour au lendemain. À moi, il m'a annoncé par texto que je passais à temps partiel. Bien sûr, je venais de faire trois nuits blanches pour rendre à temps un projet. Je me suis effondré. *Burn-out*, ajoute-t-il avec une grimace. Quand j'ai commencé à me sentir mieux, j'ai choisi de repartir à zéro, de donner de nouveau un sens à ma vie. J'ai débarqué ici un peu sur un coup de tête, après avoir entendu parler de Saint-Lunaire sur les réseaux.

– Qu'est-ce qui t'a décidé, du coup? Pourquoi ce village, en particulier?

– Dans le désordre? Les photos sur Internet. La proximité de la nature. La perspective de vivre dans un écovillage, avec de vraies valeurs d'entraide et pas les conneries managériales sur l'esprit d'entreprise et la solidarité qui sont juste là pour te culpabiliser quand tu veux souffler. L'envie de créer autre chose que ces foutues publicités. Et Mathilde, que tu rencontreras demain. Elle te plaira, j'en suis sûr...

Il se lève, me laisse le temps de digérer les infos livrées en vrac, la plus importante d'entre elles surtout: Mathilde. Tant qu'elle ne s'incruste pas dans ma nouvelle vie façon belle-mère, ça m'est un peu égal qu'il ait une copine. Je suis même contente pour lui.

– Et toi? demande-t-il en apportant sur la table une compote de rhubarbe et de fraises. Ta mère m'a dit que tu avais été mise en garde à vue, quand je l'ai eue au téléphone.

– Parce qu'elle t'a appelé?

Il hausse les épaules, le regard fuyant.

– C'est *toi* qui l'as appelée?

– Je voulais juste la rassurer, se défend-il. Lui dire que tu ne serais pas à la rue...

Ben voyons. Je crois plutôt, moi, qu'il avait la trouille de se retrouver avec une « casssos » à charge. Inutile de déclencher les hostilités alors que je viens à peine de débarquer. Et puis à sa place, je n'aurais peut-être pas agi différemment.

– Des flics étaient en train de virer un SDF qui faisait la manche dans le RER. Ça ne m'a pas plu. Je le leur ai fait savoir. Le ton est monté. Voilà...

– Plutôt courageux de ta part.

Je hausse les épaules. Ce jour-là, j'étais d'humeur massacrante, un énième affrontement avec mon beau-père lors d'un de nos derniers déjeuners dominicaux. J'avais envie de mordre. Sans cela, je n'aurais peut-être pas réagi.

– Quant au reste... À la maison, c'était de pire en pire. Avec Olivier, il n'y avait pas un repas sans que ça tourne au drame. Le jour de mes dix-huit ans, j'ai passé la journée dans un salon de tatouage. Je suis rentrée avec un film transparent autour du poignet. Au dîner...

Un hurlement, à la fois plaintif et doux, m'interrompt en plein milieu de mes explications. Au même instant, un air de jazz s'échappe du téléphone de mon père. Fronçant les sourcils, il répond.

J'en profite : je me lève, je me penche à la fenêtre, j'écoute.

Plusieurs hurlements résonnent à présent dans le clair de lune semé d'étoiles, créant un chant à la fois beau et inquiétant. Des loups ? L'idée même me semble surréaliste ! Les loups, ils existent dans les contes de fées et sur les réseaux sociaux – vidéos, photos, pétitions et documentaires écolos. Pas dans la vraie vie. Pourtant...

Des chiens aboient, étouffant rapidement ce chœur harmonieux. Je reste un bon moment aux aguets, m'efforçant de distinguer dans la nuit d'autres signes de leur présence. Les sapins bruissent dans le vent. Quelque part, une chouette – ou un hibou ? – hulule. Je n'entends plus rien d'autre quand je rejoins mon père à table. Il triture son dessert, la mine préoccupée.

– Tout va bien ?

– C'était Mathilde, répond-il avec une moue. Une nouvelle meute a été signalée dans la région. Entre la sécheresse et ça, elle est inquiète pour les troupeaux.

La meute. Je n'ai pas rêvé.

Il y a bien des loups, de *vrais* loups, dans le coin.

Je frissonne.

Est-ce de la peur ? Est-ce la sensation de basculer dans un autre monde, du moins une autre vie ? Mes sentiments sont trop confus pour que j'arrive à les démêler. Une chose est sûre, cependant : leur chant marque un tournant dans mon existence. La porte de mon passé en banlieue parisienne s'est bel et bien refermée.

## -3-

Cette nuit, j'ai rêvé des loups.

C'était un rêve angoissant et beau à la fois. Un rêve en bleu, noir et blanc. C'était l'hiver. J'étais sur une large piste. De part et d'autres des talus, d'immenses sapins aux branches enneigées. Mes cheveux, plus longs encore qu'aujourd'hui, formaient une espèce de cape bleue et mouvante sur mes épaules et mon dos. J'avançais, consciente d'être suivie. À mesure que je m'enfonçais dans la forêt, leur présence est devenue plus évidente. Je ne me rappelle pas avoir eu peur. Je savais juste qu'il fallait que je continue à marcher. Et puis, au carrefour de plusieurs chemins, je me suis arrêtée. Net. Assis sur son arrière-train, un grand loup gris me regardait fixement. Je me suis arrêtée à quelques mètres de lui. En me retournant, je me suis aperçue que cinq autres m'encerclaient.

Je me suis réveillée avec une drôle de sensation dans le ventre.

Ce n'était pas de la peur.

C'était autre chose.

Quelque chose d'indéfinissable, qui m'a poursuivie jusqu'au petit déjeuner. Œufs de poules des voisins, pain d'épeautre, miel et chicorée – ce n'est pas aussi mauvais que je le craignais. J'ai mangé avec appétit, avant d'enfiler un jean, un débardeur, de prendre mon appareil photo et de suivre mon père au marché.

– On utilise une monnaie locale, ici, m'explique-t-il pendant que nous remontons la rue étroite et pavée menant au centre de Saint-Lunaire. Le croissant. Ça privilégie les circuits courts et ça permet de soutenir des projets locaux. Ici, par exemple, on réhabilite l'ancienne église Notre-Dame-de-l'Espérance en lieu d'exposition. On vient, après un bras de fer avec la préfecture, de transformer nos trois cents hectares de forêt en réserve de vie sauvage : chasse interdite, circuits balisés pour éviter le n'importe quoi touristique, protection des renards, des blaireaux et des cervidés...

– Et des loups ? je coupe, agacée malgré moi par son enthousiasme – pour lui, Saint-Lunaire, c'est un peu Disneyland et le pays des Bisounours réunis.

– La situation est compliquée...

L'écoutant d'une oreille, j'observe les façades de pierres et de bois, les toits roses, les fleurs. Enfin, nous arrivons sur une place bordée d'arbres. Différents stands y ont été installés ; maraîchers, bouchers, fromagers, artisans s'y retrouvent au milieu des touristes. Des sculptures d'animaux en terre cuite et des céramiques attirent mon attention. Je n'ai pas le temps de m'en approcher. Déjà, mon père m'entraîne vers la halle.

– Mathilde est avec ses fils, là-bas ! Tu viens ? Je te les présente, me dit mon père, me prenant par le bras.

Docile, je le suis jusqu'à l'intérieur de la halle. En chemin, on croise une grande femme rousse à la tenue flamboyante. Papa me la présente : c'est Amandine, la mairesse de Saint-Lunaire. On continue. Derrière de grandes tables, plusieurs artisans proposent fromages et laine de brebis. Une femme au regard délavé, au nez court et droit, nous accueille avec un immense sourire malgré ses cernes et son air fatigué.

– Alors, c'est toi, Clara ! lance-t-elle en guise de salut. Bienvenue à Saint-Lunaire !

– Euh... Ouais...

– Ari ! Mika ! Venez ! hèle-t-elle en agitant le bras derrière nous.

Deux garçons apparaissent comme par magie à nos côtés. Mêmes yeux en amande, mêmes pommettes hautes, même fossette au menton. Des jumeaux. Ce qui les différencie ? Leurs vêtements – jeans-tee-shirt-baskets pour l'un, treillis et grosses chaussures pour l'autre – et leurs cheveux blond polaire : courts pour le premier, mi-longs pour le second.

Ils me dévisagent un moment, puis le premier désigne un stand proposant café, sodas et crêpes à l'abri d'un grand arbre.

– Ça te dit ?

– Oh que oui !

Quelques minutes plus tard, nous sommes installés sur les marches de l'église en chantier, un expresso dans nos mains.

– Moi, c'est Mika, se présente celui qui m'a invitée. Et lui, Ari.

– Votre mère aussi est adepte de la chicorée ? dis-je, avec un regard en direction de leurs breuvages fumants.

– Eh oui ! En même temps, c'est meilleur pour la santé et plus écologique, alors...

Ari, lui, hausse les épaules, la mine renfrognée. Me tournant à demi le dos, il scrute la forêt et les montagnes bleutées.

– Tu viens de Paris, c'est ça ? reprend Mika. Ça doit te faire tout drôle d'être ici.

– Pour l'instant, ça ne me fait rien du tout. Je suis arrivée hier, et j'ai même pas fini de déballer mes affaires.

– Si tu veux, on te fera visiter le coin. Il y a de quoi faire de jolies photos, ici. Enfin, il faut aimer la marche et le vélo, ajoute-t-il en jetant un coup d'œil dubitatif à ma peau blanche et à mon tatouage.

À cet instant, un couple passe. Deux pères, tenant leur fille par la main. Je saisis quelques phrases au vol.

– ... On devrait peut-être trouver un autre plan de vacances. Imagine, s'ils se mettent à rôder près du gîte...

– Ils n'attaquent pas l'homme, tu sais...

– Un adulte, non ! Mais Agathe n'a que cinq ans...

Ils parlent des loups, bien sûr. La pensée de les savoir peut-être là, tout proches éveille en moi un mélange d'appréhension et de curiosité. Ari les suit des yeux, les sourcils froncés, avant de froisser son gobelet vide. Il y a de la colère, en lui. De l'hostilité – envers moi, il faudrait que je sois aveugle pour ne pas m'en rendre compte, mais également envers eux.

– Vous en pensez quoi, vous? je demande, après avoir terminé d'un trait mon café.

– Ce qu'on pense de quoi?

– Des loups.

– C'est un peu compliqué, commence Mika, jetant à son jumeau un coup d'œil prudent.

Ce dernier balance rageusement son carton froissé dans la poubelle.

– C'est pas compliqué du tout! C'est génial: ça veut dire que la nature reprend ses droits! Ça veut dire qu'on a eu raison de se battre pour créer cette réserve de vie sauvage et qu'il serait peut-être temps d'arrêter de revenir en arrière dès qu'un de nos petits intérêts égoïstes est en jeu!

– L'existence de cette réserve est encore très fragile, tu le sais aussi bien que moi, le reprend son frère – et je comprends au ton de sa voix que le sujet des grands prédateurs les divise depuis un moment. La présence de cette meute risque de tout remettre en question...

– Oui, si on cède aux pressions politiques, coupe Ari. Moi, je dis: autant être cohérents et y aller à fond.

– ... En plus de mettre maman et les autres sur la paille, termine Mika.

Ari ne répond rien. À la ligne crispée de sa mâchoire, je le devine très en colère.

– Saint-Lunaire est en plein bras de fer avec la préfecture et certains lobbies influents, m'explique calmement Mika. Depuis que notre forêt a été officiellement transformée en réserve de vie sauvage, la Région fait pression. On a eu droit à des amendes sous des prétextes bidon. La dernière en date, c'est la suspension provisoire des subventions qui nous étaient octroyées auparavant. La présence de cette nouvelle meute risque d'empirer la situation, sans compter que ça peut vraiment effrayer les gens...

– Il faut arrêter la parano ! Les loups ne s'attaquent pas à nous. Ni aux adultes ni aux petites filles. Ils font leur possible pour éviter de nous croiser, coupe Ari, le cou et le front rouges de colère. Ils ont peur de nous. Ils ont bien raison, vu ce dont on est capables !

– Pas sûr. On en aurait aperçu un de l'autre côté du col, pas loin du chalet de Juliette. Dans la vallée des Trois Clochers, plusieurs brebis ont été emportées sous le nez des éleveurs. Et leurs hurlements se rapprochent, tu ne peux pas dire le contraire. Hier soir, encore, on les a entendus !

– Et alors ?

– Et alors, les gens ont la trouille, c'est normal ! Et c'est normal aussi que maman soit inquiète ! Ce n'est pas comme si c'était facile pour elle en ce moment, entre le manque d'eau et les aides qui lui ont été retirées...

– Personne l'a obligée à venir vivre ici. Personne l'a obligée à élever des brebis, ni à foutre notre avenir en l'air. Ni à...

Ari s'interrompt, me lance un regard noir. Je ne sais pas ce que je lui ai fait, mais il commence à m'énerver. Pas le temps de réagir. Il s'est déjà levé. Tournant les talons, il s'éloigne d'un pas furieux vers les dernières maisons de Saint-Lunaire.

– Il a un problème, ton frangin?

– On a déménagé il y a trois ans, me confie Mika. Avant le divorce, on habitait en Finlande. Là-bas, les forêts s'étendent à l'infini. Ari passait son temps libre dehors. Il partait des heures en raquettes avec notre grand-père. Ukki lui apprenait à reconnaître et suivre les traces des animaux. Ari prenait des notes. Il voulait être vétérinaire, à l'époque. Entre la mort d'Ukki, la séparation des parents et le déménagement, ses rêves ont explosé en vol...

J'imagine la peine d'Ari. Je comprends sa colère. J'aimerais, parfois, que les adultes réfléchissent un peu avant d'imposer à leurs enfants une vie qu'ils n'ont pas choisie.

– Pour Ari, l'adaptation a été super compliquée, continue Mika. Au lycée, c'est la cata. D'autant que la scolarité, chez nous, est très différente d'ici. Et puis, il ne s'entend pas très bien avec ton père...

Papa est du genre raisonnable et pondéré. À l'opposé d'Ari, à fleur de peau et révolté. J'imagine que plus mon père se montre patient, plus ça lui hérisse le poil. Je réagirais pareil, à sa place.

– Et toi? Tu en penses quoi, de tout ça? je demande.

Mika hausse les épaules.

– Moi, je préférerais que tout le monde respire un coup et reparte sur de bonnes bases, me répond-il avec un sourire las. J'aimerais aussi qu'Ari arrête de se braquer pour tout et n'importe quoi. J'ai l'impression d'avoir dix ans de plus que lui, parfois.

Je lui jette un regard en coin. Est-ce parce qu'il me paraît trop lisse, trop pondéré ? Je n'arrive pas à me faire une opinion tranchée sur lui. Il est sympa, et pourtant quelque chose coince. Quoi ? Je n'en sais rien. Soudain, j'ai envie d'être seule. De commencer tout doucement, à mon rythme, la découverte de Saint-Lunaire et de ses environs. Et peut-être de découvrir d'autres pistes pour la photo.

– Tu parlais de balades à faire dans le coin ? T'en aurais une à me conseiller ?

– Tu veux y aller seule ?

– Je suis une grande fille, tu sais. Il y a bien des chemins de randonnée, un truc du genre, non ?

– Oui, mais si tu te perds... Je veux dire, t'as l'air plutôt... Enfin, la boucle la plus courte fait sept kilomètres, c'est peut-être trop pour toi ?

OK. Je comprends ce qui cloche. Et pourquoi Ari a pété un plomb. Raisonnable, protecteur ET condescendant. En trois phrases, Mika a réussi à m'énerver plus encore que son jumeau.

– Écoute, j'ai survécu au RER D, au métro parisien, aux changements de bus, aux nasses policières pendant les manifs au lycée, alors je devrais me débrouiller pour échapper aux sapins carnivores. Quant aux loups, honnêtement, je pense que j'ai plus de chance de croiser une licorne que de me retrouver face à une meute. Ari a raison. Même moi, qui débarque de ma banlieue parisienne, je le sais : ils ont peur des hommes. Sur ce, ciao !

Sur ces mots, je le plante là, traverse de nouveau la halle et me dirige tranquillement vers la forêt.

Nous nous adaptons.

Toujours.

*Sous nos pattes, la terre a laissé place à la matière douce et rugueuse, malodorante, aussi, des routes des hommes.*

*Nous trottons jusqu'au bord les uns derrière les autres, silencieux. Puis, dès que nous le pouvons, nous nous enfonçons sous le couvert des arbres. Protégés par leur ombre, nous continuons d'avancer, reliés les uns aux autres, tout entiers concentrés sur notre chemin.*

*Cela nous permet de ne pas avoir peur du fracas et du souffle puant de leurs véhicules. Cela nous permet de ne pas être aveuglés par leurs lumières, la nuit venue. Nous voyons clairement leurs habitations, à présent. Nous respirons leurs odeurs. Nous décelons celles de leurs chiens, de leurs moutons. Et le danger qui plane alentour.*

*Le chevreuil que nous avons dévoré dans la forêt n'est plus qu'un souvenir. Et nos louveteaux auraient besoin de reprendre des forces.*

*Tant pis.*

*Notre frère nous attend.*

*Nous trouverons une autre proie. Une carcasse peut-être. Nous nous adapterons. C'est dans notre nature, après tout.*

# -4-

Sept kilomètres en DocMartens, par 30°C à l'ombre, ce n'était pas l'idée du siècle. J'ai tenu un quart du chemin avant de laisser tomber. Je me suis assise sur une grosse pierre moussue, j'ai enlevé mes chaussures, mes chaussettes et regardé l'étendue des dégâts. Des ampoules. Beurk. J'ai failli faire une photo de mes pieds cloqués, mais non. Même pour mes *followers*, ce serait un peu trop bizarre.

À la place, j'essaie de me poser. Me poser vraiment. Faire le vide dans ma tête en respirant profondément, comme dans les applis de méditation auxquelles ma mère est accro, même si cela ne lui sert à rien vu son niveau de stress habituel. Enfin, c'est loin, ça, maintenant. Et presque plus douloureux.

Inspirer. Sentir l'air qui passe dans le nez, file vers les poumons, blablabla...

Je n'y arrive pas. Trop de trucs dans la tête, pensées contradictoires, envie de rebrousser chemin et de faire ami-ami avec les jumeaux, de récupérer mes affaires et de me tirer de ce village trop parfait pour être net, envie de me perdre au fond de la forêt façon Chaperon bleu de mon rêve, de rester ici et de profiter du chant des oiseaux, des parfums de résine et de miel.

Finalement, je me décide à bouger. Juste un peu.

Je retire le cache de mon appareil photo. Pieds nus – rien que l'idée de remettre mes socquettes m'arrache une grimace de douleur – je me dirige vers les fougères qui bordent le chemin. Je m'accroupis, je zoome, je fais plusieurs réglages : cela me permet, peu à peu, de me détacher de mes préoccupations et de m'immerger dans l'instant présent, plonger dans les multiples nuances de vert, déceler les minuscules détails sur les feuilles dentelées et découvrir les fleurs blanches et jaunes qui poussent juste dessous. Il me faut un moment pour comprendre que les petits fruits rouges au milieu d'elles sont de la même espèce – et qu'il s'agit de fraises des bois. Mika avait peut-être raison de me prendre de haut, finalement !

J'en cueille une : acidulée, sucrée, c'est un délice ! Je m'apprête à en prendre une autre quand un bruissement attire mon attention : je relève la tête au moment où un bel oiseau disparaît dans les frondaisons – à peine ai-je eu le temps d'apercevoir les reflets bleutés de ses ailes !

Je regarde autour de moi, soudain consciente que je suis seule au milieu des arbres.

Les battements de mon cœur s'accélèrent.

Ce n'est pas la peur du loup qui provoque en moi cette montée d'angoisse : c'est le souvenir de séries fantastiques dans lesquelles des créatures maudites ou juste malfaisantes attaquent ceux qui osent pénétrer sur leur territoire.

Comme pour me conforter dans ma peur, des nuages gris assombrissent le ciel ; autour de moi, l'obscurité gagne les cimes et un vent froid s'insinue entre les branches des arbres, créant un sifflement sourd.

OK. D'accord. C'est le moment de rebrousser chemin.

Je renfile mes chaussettes, me mordant la lèvre pour ne pas crier. Ça me brûle tellement que les larmes me montent aux yeux. Avec les chaussures, c'est encore pire. Quelle idiote d'être partie comme ça ! J'ai une paire de baskets – moches, mais qui s'en soucie ? Elles auraient été bien plus pratiques, plus appropriées, surtout.

La prochaine fois...

Si prochaine fois il y a. Je ne suis vraiment pas sûre d'être à ma place, ici. Et si je me contentais de passer l'été dans le jardin et d'attendre tranquillement septembre pour m'installer à Strasbourg, trouver une école de photo et un job étudiant ?

Sauf qu'en ce moment, les jobs étudiants, c'est un peu la misère. Je peux quand même essayer. Éplucher les annonces. Qui sait ?

Craquement, dans mon dos. Je me retourne.

Rien. Un autre oiseau, peut-être ? Quitte à rentrer en boitillant, autant mettre ma lenteur à profit et tenter de faire de belles images. Happée par les jeux d'ombre et de lumière dans les feuillages, par les formes curieuses des rochers entrelacés de racines, par les papillons qui volettent juste devant moi sur le sentier, j'oublie mes craintes et mes douleurs.

Quand j'émerge de la forêt, j'ai une vue plongeante sur les vallons alentour : des prairies et des bois, Saint-Lunaire, en contrebas et plus loin, à peine visibles au milieu des conifères, les toits d'autres villages, une route, un lac dont je distingue vaguement les eaux bleues.

C'est beau.

*

Installée devant mon ordinateur, je trie la récolte de la journée.

Images plates, couleurs fades. Même avec des retouches, je ne parviens pas à retrouver la vitalité éclatante de la nature ainsi capturée. C'est terriblement frustrant. En même temps, je sais que c'est normal : jusqu'à présent, je ne m'étais intéressée qu'aux paysages urbains et aux portraits. La nature, c'est différent. C'est plus difficile à mettre en scène. En fait, c'est même tout le contraire.

Aujourd'hui, c'était à moi d'avoir le bon *timing* pour saisir au vol les scènes qu'elle me proposait. Honnêtement, je suis loin d'avoir le niveau requis.

Sur l'un de mes clichés, des troncs forment une espèce de rideau sombre que j'aurais voulu inquiétant, mais qui ne l'est pas. J'aperçois une silhouette trouble. Je zoome. C'est une forme animale. Je zoome un peu plus. C'est un canidé. Un loup?

J'effectue quelques modifications sur le cliché pour essayer de mieux voir : contraste, détails, rognage et autres effets – à la fin, c'est moche, mais je parviens à discerner un peu mieux les contours de la bête. Je vais sur Internet. La connexion est pourrie. Au bout d'une éternité, le moteur de recherche accepte de me livrer quelques résultats. *Canis lupus*, images : museau pointu, grandes oreilles, arrière-train bas, fourrure épaisse – surtout dans la neige en hiver – et queue droite. J'essaie de comparer avec la silhouette sombre que j'ai capturée. Mouais. J'ai envie d'y croire, mais je ne peux m'empêcher de douter.

– Clara ! Tu m'aides pour le dîner ? appelle mon père depuis le seuil de la maison.

Je traverse le jardin et le rejoins dans la cuisine ouverte sur les fleurs et les framboisiers. En fond, il a mis un peu de musique – je reconnais l'*Arpeggione*, de Schubert. Au moins, ses goûts musicaux n'ont pas changé. Années 1990 ou classique, sinon rien. C'est grâce à lui que j'ai appris le piano. Quatre ans, au conservatoire de Saint-Denis. Une pause avec le divorce. Une reprise de neuf mois. J'ai arrêté quand on s'est installés à Enghien. Il y avait une école de musique et de danse, mais je ne m'y sentais pas bien.

C'est à ce moment-là que je me suis tournée vers toutes les formes possibles de metal – avec un bref passage *death*, juste pour énerver mon beau-père – et vers la photo.

Instinctivement, je regarde autour de moi : mon père a-t-il emporté son piano dans son déménagement ? Oui. Je ne peux retenir un sourire en découvrant le bel instrument patiné par les ans au couvercle poli et la partition ouverte sur son pupitre.

– Si le cœur t'en dit… propose-t-il.

Je secoue la tête.

– Pas pour le moment. Et puis, ça fait une éternité que je n'en ai pas joué !

– Alors, cette balade ? reprend-il en me tendant un épluche-légumes.

– À part les ampoules aux pieds, c'était plutôt très cool.

– Oui, Mika nous a dit que tu n'étais pas tout à fait équipée pour ça ! Dans le coin, il vaut mieux avoir de bonnes chaussures de marche.

– J'imagine.

« Mika nous a dit… » Pour qui se prend-il, celui-là ? Je m'efforce tant bien que mal de dissimuler mon agacement.

– Il est très sympa, tu sais, poursuit-il en me jetant un regard en coin.

Loupé.

– … très mûr, pour son âge.

– Si tu le dis.

– L'an dernier, il a créé deux zones de culture en aquaponie dans la maison commune. L'aquaponie, c'est un système qui allie élevage de poissons et culture de plantes, précise-t-il devant mon air perplexe. Rien à voir avec l'aqua-poney.

Je souris face à sa tentative d'humour et ne réponds rien.

– Bref... Mika a aussi pris en charge l'animation d'un atelier vert pour les enfants.

– Et Ari?

– Ari, c'est compliqué, explique-t-il, sourcils froncés. Il est agressif, presque violent, je trouve. Il est en conflit ouvert avec Mathilde et le reste du monde. Il est en plein décrochage scolaire, alors qu'en Finlande, c'était, paraît-il, un élève brillant. Mathilde va tenter la scolarisation à domicile dès la rentrée mais je ne suis pas sûr que ce soit une solution...

Mon père essaie d'être neutre lorsqu'il parle d'Ari. Je devine cependant qu'il a du mal à le supporter. Moi, il ne m'est pas difficile de me mettre à sa place. Si la Finlande, ce sont des forêts enneigées qui s'étendent à l'infini et des lacs gelés, Ari doit se sentir en prison ici. Comme moi, à Enghien – même si ce n'est pas pour les mêmes raisons.

Dans le crépuscule éclaboussé de rouge, un long hurlement.

Puis un autre.

Un troisième, plus grave.

Et deux autres, qui se mêlent en notes maladroites aux premiers, formant un chant polyphonique et poignant.

– C'est beau, dis-je en chuchotant.

– C'est beau, en effet, répond mon père. Sauf que ce n'est pas très bon signe...

Je grimace un sourire gêné. Il m'en a déjà parlé en allant au marché, mais je n'ai pas retenu la moitié de ses arguments.

– Les loups attaquent les troupeaux, reprend-il avec un soupir. Et la présence de cette nouvelle meute sert de prétexte à la Région pour nous forcer à renoncer à notre réserve de vie sauvage sous peine de nous retirer définitivement nos subventions !

# -5-

Mon père a beau m'expliquer en quoi la présence des loups dans le département en général et dans leur coin en particulier pose problème, je ne parviens pas à comprendre pourquoi une collectivité apparemment déterminée à protéger la faune et la flore considère ces prédateurs comme une menace, et non comme une chance.

Ne me sentant pas suffisamment impliquée dans la *vida loca* pour poser les questions qui fâchent et risquer une dispute, je profite d'une pause « jus de rhubarbe » pour changer de sujet. Je lui demande de m'en dire un peu plus sur Mathilde.

À son regard, je devine que mon père n'est pas dupe, mais comme il a horreur des conflits, il se rue sur cette porte de sortie et en profite pour m'interroger sur mes amours et les amis que je laisse en région parisienne. Je lui raconte Omar et la colère de mon beau-père quand il nous a surpris en train de nous embrasser sous les arcades du jardin des roses. Pas parce que j'avais un petit copain. Parce qu'il était arabe.

– Oui, papa. Quand je te disais que c'était l'horreur, à la maison, je ne te mentais pas. Et ce n'était pas seulement les personnes racisées, son problème. C'était aussi toutes les minorités.

Quant aux potes, je n'en sais rien. Il est encore trop tôt pour savoir s'ils me manquent. Depuis mon arrivée, la réponse est non. J'ai besoin de me poser. De préférence, seule et sans chatter des heures juste pour le plaisir ou plutôt parce que c'est un moyen d'évasion comme un autre quand on a les nerfs en pelote.

Après ce dernier échange, la conversation meurt à petit feu. À peine la vaisselle débarrassée, je prétexte une grosse fatigue et je retourne dans mon antre. Cette conversation m'a chamboulée plus que je ne le pensais. J'aimais vraiment Omar. Il m'a fallu notre rupture pour prendre conscience que je ne pouvais pas continuer à accepter sans réagir les propos et le comportement de ma famille.

De nouveau, je m'installe face à mon ordinateur.

De nouveau, j'examine l'ombre entre les troncs d'arbres.

Lentement, je glisse dans le sommeil.

*... Mes pas crissent doucement dans la neige.*

*Me voici de retour sur le chemin de la forêt, avec ses sapins recouverts d'un manteau immaculé, son ciel duveteux. Je devine des ombres mouvantes entre les troncs. Les loups. Ils sont discrets, cependant. Observateurs. S'arrêtent quand je m'arrête. Disparaissent quand je me retourne.*

*Les flocons qui tourbillonnent doucement autour de moi effacent peu à peu mes traces.*

*Mes traces et celles d'un animal dont je devine aussitôt l'espèce.*

*Je croyais être suivie.*

*Est-ce au contraire moi qui le piste ?*

*Perplexe, je me retourne : le sentier, devant moi, est lisse. Je ne perçois aucune trace du loup. Pourtant, je sais qu'il est là, à mes côtés, tout proche, même si je ne le vois pas...*

J'émerge de mon rêve en sursaut.

Je cligne des yeux devant les images qui défilent sur l'écran en veille. À moitié endormie, je me traîne jusqu'à mon lit et je m'y affale, tout habillée.

Quelques minutes plus tard, j'ai de nouveau sombré.

Cette fois, aucun rêve, aucun loup ne viennent me réveiller.

*

Le ciel est voilé de nuages lorsque je quitte mon studio pour prendre mon petit déjeuner. Mon père est déjà sorti. Il y a de la chicorée dans une bouteille Thermos. Il y a du pain frais et du miel sur la table.

Et du jus de rhubarbe. À croire que c'est une drogue pour lui.

Je découvre un mot près de la bouteille.

*Ma puce,*

*Je suis sur le chantier de Notre-Dame-de-l'Espérance. Viens, si tu veux. Sinon, passe une bonne journée,*

*Je t'embrasse, Papa*

Est-ce que j'ai envie de l'y rejoindre ? Franchement, je n'en sais rien. Le temps de me décider, je traîne. Je m'installe au piano. Je passe la main sur son couvercle lisse. La partition devant mes yeux est l'Opus 9 n°2 de Chopin. Un *Nocturne* archiconnu. Je prends un peu de temps pour le déchiffrer. J'étire mes doigts. Je commence à jouer. Un peu lentement. Assez maladroitement. Étonnée cependant de prendre plaisir à poser mes doigts sur les touches et plonger dans cette délicate musique, qui se termine par une envolée de notes cristallines.

Une fois le morceau terminé, je me lève.

Pas envie de voir du monde, aujourd'hui.

Je me prépare rapidement un sandwich. Je déniche une gourde et la remplis d'eau. Je récupère mon appareil photo. Puis, protégée par des pansements aux pieds, chaussée de socquettes de sport et de baskets, je prends la direction de la forêt. J'emprunte le même chemin qu'hier. Au bout de quelques centaines de mètres, je croise le couple aperçu hier et leur fille, quand je discutais avec les jumeaux.

La fillette s'extasie devant les papillons qui butinent de petites fleurs mauves le long des talus. Ses pères, attendris, semblent complètement avoir oublié leur inquiétude de la veille. Tant mieux. On se salue poliment. Je continue quelques centaines de mètres encore avant de bifurquer sur un sentier étroit, à demi dissimulé par les ronces et les fougères.

La pente s'élève lentement entre les troncs. Très vite, j'ai l'impression d'être absorbée par la végétation. Bercée par les chants des oiseaux, je grimpe pendant un bon moment avant d'arriver à la lisière d'une clairière, trouée semée d'aiguilles rousses et de pommes de pin. De l'autre côté, une vieille souche. Et, assis sur cette souche, un carnet à la main, Ari.

M'entendant arriver, il lève la tête et plisse les yeux, hésitant manifestement entre exaspération et politesse forcée.

Les rayons pâles, presque gris, qui filtrent à travers les nuages, lui donnent l'air d'une apparition. Sans hésiter, j'ôte le cache de l'objectif. Je m'approche, je mitraille – sans lui demander son avis.

Ça ne m'arrive pas souvent de me montrer aussi grossière.

Sur le coup, tant pis. Je présenterai des excuses après.

Ça y est. Le moment est passé. Les nuages masquent de nouveau complètement le soleil. Ari me dévisage, interloqué.

– Ça te prend souvent? interroge-t-il.

– D'habitude, je demande l'autorisation avant. Mais la lumière était trop belle. Si ça ne te plaît pas, je les effacerai. Regarde, dis-je en lui montrant les clichés volés.

Avec ses cheveux décoiffés, son air un peu sauvage, il m'évoque un héros de Miyazaki.

– C'est moi, là ?

– Ben oui.

– Wow.

– Merci.

Il se gratte la tempe, l'air gêné.

– Je suis désolé, pour hier. C'est juste que cette psychose autour de la nouvelle meute me met en rogne. C'est n'importe quoi. On se bat pour un monde meilleur, pour le respect du vivant, pour sauver la forêt et les grands prédateurs – parce qu'il y a des lynx dans le coin, aussi – et à l'instant même où un loup pointe le bout de son nez, c'est la fin du monde ! Il y a des louvetiers, dans la commune d'à côté et...

– Des... *what* ?

– Des louvetiers. Des tueurs. L'organisation date de Charlemagne, t'imagines ? Le but, l'éradication totale des loups. Sur le Net, tu lis qu'aujourd'hui, ils sont là pour éliminer les nuisibles et réguler la population... Régulation, tu parles ! Comme si les six cents pauvres loups qui vivent dans ce pays étaient une menace ! Quant au reste, me dis pas que les blaireaux et les renards font plus de dégâts que Lubrizol ou les autres usines qui crament ou polluent !

Je comprends sa colère. Je comprends également qu'il se sente écœuré par l'incohérence des Lunaires – un joli nom pourtant. Prédestiné, si on se fie aux légendes, à l'accueil de ces prédateurs. Il y aurait des solutions pour faire pencher la balance. Des manifs – enfin, plutôt des *sit-in** explicatifs et pédagogiques au vu du nombre d'habitants au mètre carré. De la distribution de tracts explicatifs les jours de marché.

J'hésite à lui en parler.

Et puis, non. Je n'ai pas envie. Pas envie de m'impliquer. Les conflits, les causes perdues, j'ai assez donné quand j'étais au lycée.

Comme pour me donner raison, une pluie fine d'abord, puis de plus en plus drue, commence à tomber.

L'excuse parfaite pour couper court à la discussion et rebrousser chemin.

---

* Manifestation non violente dans laquelle les personnes s'installent simplement sur la voie publique.

# -6-

Je passe l'après-midi enfermée dans mon studio, avec ma mauvaise conscience et le moral à zéro. Je m'en veux de mon attitude vis-à-vis d'Ari que j'ai planté avec grossièreté, je m'en veux plus encore de ma lâcheté. Depuis que je suis arrivée ici, je me sens connectée aux loups. J'écoute leurs chants. Je rêve d'eux. Pourtant, au lieu de proposer des solutions et un peu d'aide à Ari, déterminé à tout faire pour qu'on les laisse en paix – et surtout en vie! – je préfère détourner la tête et regarder mes pieds. Je me fais penser à ces passagers dans le RER ou le métro qui plongent le nez dans leur portable quand une fille se fait harceler ou quand un jeune se fait serrer par la police, juste parce qu'il n'a pas la bonne couleur de peau et porte un sweat à capuche.

Il y a encore quelques mois, ces gens m'écœuraient. Aujourd'hui, je me rends compte que je ne vaux pas mieux qu'eux.

Même si j'ai des excuses.

Pendant cinq ans, à chaque instant, de toutes mes forces, je me suis battue contre mon beau-père et ses idées moisies. Ces deux dernières années, en particulier. Depuis Omar. « C'est quoi, la prochaine étape, Clara ? Porter le voile ? » Ses mots dégueulasses, ses yeux brillants, et la gifle que j'ai prise pour lui avoir répondu, du tac au tac. « Je sais pas, c'est quoi pour toi la prochaine étape ? La croix gammée ? » Ce jour-là, le point de non-retour a été atteint dans notre relation. Omar et moi, on a cassé deux mois plus tard, parce qu'il en avait marre de me voir en cachette. Après cela, je me suis mise à écouter en boucle et à fond le tube de Lily Allen sur le racisme et l'homophobie*, je me suis jetée à corps perdu dans les manifs et les mauvaises fréquentations – selon lui, bien entendu. Selon ma mère aussi, j'imagine. Qui ne dit mot consent, paraît-il. Et elle n'a jamais rien dit contre ses conneries. Jamais. Elle n'a jamais rien dit non plus pour prendre ma défense.

Quand j'ai posé mes valises ici, j'espérais vraiment du répit.

Parce que j'en ai besoin. Parce que ces dernières années, passées à lutter pour mes idées, pour exister simplement dans une famille qui dénigrait mes valeurs, par conviction ou lassitude, m'ont épuisée.

Sauf que je n'en ai pas le droit. Ce serait nul. Pour les loups. Pour l'estime que j'ai de moi. Parce que je ne veux pas faire comme ma mère, qui se contentait de regarder ailleurs quand Olivier racontait une connerie ou que ça dégénérait entre nous. Cela dit, son non-choix était un choix en soi. Lui, plutôt que moi.

---

* *Fuck You*, Lily Allen.

C'est bon Ari. Tu as gagné. Demain, je te proposerai mon aide en espérant que tu ne m'envoies pas balader.

En attendant, j'aborde de nouveau la question avec mon père au dîner.

– J'ai croisé Ari, aujourd'hui. Il m'a parlé d'une réunion, la semaine prochaine, pour décider du sort de cette meute…

– Oui, répond-il avec un soupir. D'après Mathilde, il est très remonté. Ce ne sera pas une décision facile, d'autant que nous sommes très divisés. Parce que dans la théorie, les loups, c'est génial pour la biodiversité et tout ça, mais dans la pratique, c'est une autre histoire…

– Pourquoi ? Vous avez décidé de créer cette réserve pour protéger les animaux sauvages, non ? Alors, qu'est-ce qui vous bloque ?

– Je te l'ai expliqué, ma puce. Il y a déjà plusieurs meutes sur le territoire. Dans la vallée voisine, les tirs de prélèvement ont commencé avec la bénédiction du préfet. C'est terrible, je sais, mais…

– Stop ! Il n'y a même pas six cents loups en France, dis-je, me fiant aux chiffres d'Ari. Tu le vois où, le « mais » ?

– D'abord, Saint-Lunaire n'est pas le seul village concerné. Ensuite, le problème est complexe : la prédation sur les troupeaux est une réalité. Les loups attaquent les brebis qui sont des proies bien plus faciles que les cervidés. Au départ, c'est la faute des hommes qui ont détruit leur espace vital…

– … les ont exterminés, surtout.

– C'est vrai. Mais pendant près d'un siècle, on a vécu sans les loups, tu comprends ? On n'a plus l'habitude de gérer ces prédateurs. Et surtout, la question qui se pose est : ont-ils encore leur place parmi nous ?

– Parmi nous ? j'interromps avec un reniflement. Vu qu'ils fuient les humains, il y a peu de chance. Si je comprends bien, tu vas voter pour qu'on les tue, c'est ça ?

– Je n'ai pas encore pris de décision. D'un côté, je comprends parfaitement le point de vue de Mathilde et de ses associés. Sans compter qu'il s'agit d'un prédateur, potentiellement dangereux pour des jeunes enfants qui pourraient croiser son chemin. D'un autre côté, je pense, comme la plupart des Lunaires, que ce n'est pas très cohérent de défendre la biodiversité et d'ouvrir une réserve en excluant d'emblée l'animal le plus emblématique de notre faune sauvage. Bref. On me demande de prendre parti mais je n'en ai aucune envie.

Évidemment qu'il n'en a aucune envie. Ni oui ni non. Ni pour ni contre. Ni dans la vie ni en dehors, même s'il semble convaincu du contraire.

Sa neutralité me donne envie de hurler. Je me lève brusquement, et je commence à débarrasser les assiettes vides, histoire de décompresser.

– Je ne suis pas sûr que permettre aux lieutenants de louveterie d'investir notre vallée soit une bonne chose, poursuit-il sans remarquer mon énervement. En fait, je suis convaincu du contraire. En même temps...

– Donc, selon toi, ces battues sont inutiles. Cruelles. Contradictoires avec vos idées et les valeurs de Saint-Lunaire, c'est ça ?

– Oui, plus ou moins...

– Mais tu es OK pour laisser des animaux se faire tirer dessus juste pour ne pas froisser ta copine qui élève des moutons ?

Piqué au vif, mon père fronce les sourcils.

– Je ne suis pas OK, Clara ! Je suis réaliste ! Mathilde et les autres éleveurs tirent la langue pour payer les factures. Si on accepte la présence des loups, que deviendront-ils ? Peut-être qu'un compromis résoudrait le problème. Permettre aux louvetiers...

– Tu sais quoi ? je coupe, hors de moi cette fois. Maman et toi, vous pourriez être des clones. À force de ne pas prendre parti, même pour vos convictions, vous allez finir par vous effacer. Elle, parce qu'elle ne sera plus que la voix de son maître. Toi, parce que tu seras devenu tellement transparent à vouloir chercher tes foutus compromis que tu n'arriveras même plus à voir ton reflet dans une glace.

Au temps pour la diplomatie. Cette fois, je suis vraiment furieuse.

*Burn-out* ou pas, c'est sa neutralité, son manque d'engagement, qui a pourri notre relation, même avant l'Italie. Il ne s'est jamais battu, mon père. Même pour garder le privilège de me voir un week-end sur deux. Et ce soir, j'en ai plus qu'assez. Alors, pour éviter que ça dégénère vraiment, je quitte la table. Je traverse le jardin sous une pluie battante. Je m'enferme dans mon studio. J'allume mon ordinateur : pas de réseau. De dépit, je prends une douche, je mets mon pyjama et je me glisse sous la couette avec mon roman de *fantasy*.

Rapidement, je bascule au pays des rêves noirs, bleus et gris.

*

Un étrange grattement m'arrache au sommeil.

Je me frotte les yeux. J'allume ma lampe de chevet. J'écoute. Pendant un moment, il n'y a rien. Puis de nouveau ce bruit. D'où vient-il ? Du toit ? Il paraît que des loirs se nichent parfois dans les greniers et les combles. Non, ça ne vient pas d'en haut, mais de l'extérieur.

Je prends mon téléphone. Au passage, je regarde l'heure : minuit passé. Et je constate avec satisfaction qu'il y a de nouveau un peu de réseau. J'utilise la lampe de poche de mon portable. Je passe un pull et j'ouvre la porte de mon studio. Dans le jardin, rien. Et le domaine de mon père est plongé dans l'obscurité. Alors, où ? Le faisceau balaie la véranda. Je découvre deux opales qui me regardent, tout près du fauteuil à bascule.

Je sursaute, manque de lâcher mon portable. Je me reprends aussitôt. J'éclaire la silhouette allongée contre le mur. À vue de nez, c'est un chien. Un grand chien efflanqué.

Chien fugueur ? Chien perdu ? Chien abandonné ?

Heureusement, je ne suis pas complètement ignorante dans ce domaine : on a eu un york, héritage de la mère d'Olivier, pendant quelques années.

Je m'approche avec prudence. Il ne réagit pas. Je m'accroupis à bonne distance. Un faible gémissement s'échappe de lui.

– Toi, tu es mal en point, je chuchote. Attends ici…

Pieds nus, je traverse le jardin et j'entre dans la maison. Dans le frigo, je prends le plus discrètement possible un gigot juste décongelé avant d'effectuer le chemin en sens inverse, vérifiant au passage que mon invité surprise n'a pas bougé. Une fois chez moi, je place le bloc rose et mou dans une grande assiette, je le coupe en morceaux et j'ajoute un bol d'eau.

– J'arrive…

Je me retourne – et je m'arrête. Net.

Il vient d'entrer dans la pièce.

Il est plus grand que je ne le pensais.

Moins mal en point, aussi.

Avec un nez plus pointu. Une fourrure gris-beige plus fournie. Un regard plus jaune, pareil à celui du loup que j'ai vu en rêve.

Pareil. À. Celui. Du. Loup. Que. J'ai. Vu. En. Rêve.

Une part de moi a envie de tout lâcher et de fuir en hurlant. Durant un instant, j'envisage de lui obéir. Puis je me rappelle que j'ai survécu à ma famille, aux nasses policières et à une garde à vue musclée.

Alors, une grosse bête, même sauvage, je devrais pouvoir gérer.

J'inspire, je souffle longuement pour évacuer la tension qui vrille mes épaules et je glisse les plats vers lui. Il retrousse les babines et gronde sourdement. Vite, je recule. Je l'observe, qui renifle, un peu méfiant, avant de laper avec lenteur le liquide transparent. Ensuite, il hume la viande. La tire hors de l'assiette. La déchiquette, l'avale avec rapidité. Me surveille de son regard d'ambre plein de méfiance. Recommence à grogner.

Impressionnée, je bats en retraite jusqu'à la chaise où est posé mon appareil photo. Je m'en saisis comme d'un doudou à la familiarité réconfortante. Derrière l'objectif, je me sens en sécurité. Je peux cadrer, zoomer, tenir à bonne distance le sujet que j'observe. Sauf que là, ça ne fonctionne pas. Pas plus de trois minutes. Le temps de prendre conscience de l'épaisse ligne brune qui court le long de son flanc. Le temps de plonger de nouveau mes yeux dans les siens, d'être happée par leur intensité et de recevoir en plein cœur leur appel.

*Aide-moi.*

Nous n'abandonnons jamais.

*Chacun de nous a éprouvé sa douleur. Même les plus jeunes.*

*Nous l'avons sentie, une vibration dissonante qui nous a traversés au même instant. Nous avons craint, l'espace d'un souffle, que notre lien soit rompu. Mais non. Il est toujours là. Ténu, mais présent.*

*Notre frère est blessé. Notre frère est encore trop loin pour que nous puissions lui offrir les proies qui lui permettraient de reprendre des forces. Nous voulons l'aider, mais nous ne pouvons nous rapprocher de lui, pour le moment. Les hommes sont agités. Les hommes sont en chasse. La vallée que nous devons traverser avant de le rejoindre pue la mort. La mort des nôtres. De nos semblables.*

*Nous avons entendu les détonations.*

*Nous avons perçu leur souffrance et leur tristesse. Et le vide, ensuite.*

*Nous serons prudents. Nous le sommes toujours. Nous étoufferons notre colère. Nous avancerons en silence. Nous contournerons les hommes qui assassinent les nôtres.*

*Et puis, retrouverons notre frère.*

*Alors, nous chanterons en harmonie avec lui.*

# -7-

Le loup a terminé son repas.

De nouveau, il boit un peu d'eau. Se pourlèche les babines. Soupire. M'observe. Cligne des yeux. Sursaute à une ou deux reprises, tournant la tête vers la porte encore ouverte.

Je l'avais laissée ainsi au cas où il souhaiterait partir. Il me semble bien trop fatigué pour bouger. Et puis, si mon père débarque à l'improviste – peu probable, surtout en pleine nuit, mais on ne sait jamais – je me vois mal lui expliquer la présence de l'animal. Alors, je repousse la porte doucement, prenant soin de l'entrebâiller tout de même pour qu'il ne se sente pas prisonnier.

Deux fois, j'essaie de m'approcher de lui.

Deux fois, il retrousse les babines et claque des dents.

Son message est clair.

*Tiens-toi à bonne distance et tout ira bien.*

D'accord. Je veux bien respecter sa bulle. Sauf que ce n'est pas moi qui l'ai invité à entrer. Il s'est incrusté chez moi comme un grand. En apportant dans ses bagages tout ce que cela implique d'interrogations, de responsabilités, d'hésitations et d'attachement immédiat, de ma part en tout cas.

Je suis touchée par sa confiance.

Bouleversée, parce que j'ai l'impression étrange d'avoir été choisie. Un peu comme dans les romans de *fantasy*, quand le garçon ou la fille de ferme se retrouve avec un cheval enchanté, une épée magique entre les mains et un royaume à sauver. Moi, en guise d'épée, je n'ai que mon appareil photo, et mon royaume a un museau pointu, de grandes oreilles, des dents très blanches quand il gronde.

Ce qui m'ennuie, c'est sa maigreur et cette balafre brune le long de son flanc.

Je ne suis pas qualifiée, moi.

Je ne suis pas vétérinaire.

Est-ce qu'il y en a un, au moins, à Saint-Lunaire? Oui, sans doute. Vu qu'il y a des chiens, des chèvres et des moutons. Mais je me vois mal l'appeler et lui dire: « Coucou, j'ai un loup blessé à la maison! Vous auriez cinq minutes à nous accorder entre deux consultations? » D'ailleurs, je ne sais même pas comment je pourrais l'amener jusqu'à lui – d'autant que je n'ai pas de permis de conduire.

Essayant de ne pas m'affoler, je pianote à toute vitesse sur mon portable. La connexion est faible, mais présente. J'en profite. J'écris: aide + loup. Le moteur de recherche me renseigne sur l'aide matérielle à la protection des troupeaux, sur les subventions régionales pour l'achat de chiens de garde et de parcs électrifiés, sur les aides financières permettant aux éleveurs d'être indemnisés en cas de pertes dues aux attaques du prédateur. J'essaie une autre approche: loup + blessé. J'apprends que des loups fugueurs, dans les Pyrénées, ont été chassés, blessés ou abattus. Même situation dans les Deux-Sèvres, sauf que les trois animaux en cavale étaient complètement apprivoisés. Super. Je creuse un peu. Je tombe sur des articles du genre: «Le loup peut-il attaquer l'homme?», «Attaques de loups sur l'homme au fil des siècles», «Attaque des deux randonneurs: le loup n'est pas responsable». Un titre attire mon attention: «Affamé et blessé, le louveteau errant a finalement été capturé.» Je parcours rapidement le texte; rescapé d'une meute décimée par les tirs de prélèvement autorisés par le gouvernement, le petit animal a trouvé refuge près d'un village. Les habitants ont reçu la consigne de ne pas l'approcher ni le nourrir – chacun sa place, la sienne est dans la nature, blablabla – et de laisser les spécialistes faire leur travail. Ça se tient. Sauf qu'une association, l'ASPEF*, signale qu'il a été victime de braconnage. Du coup, je me rends sur leur site. En y cherchant des infos, je lis que la population des loups en France est en baisse et que c'est contraire aux directives européennes, que les loups n'attaquent définitivement

* ASPEF: Association pour la sauvegarde et la protection de la faune. Le nom de cette association fictive est inspiré des deux principales associations qui s'occupent de la protection de la vie sauvage et des prédateurs en France: ASPAS (Association pour la protection des animaux sauvages) et FERUS (Association nationale pour la défense et la sauvegarde des grands prédateurs).

pas l'homme mais peuvent s'en prendre aux troupeaux et que les tirs autorisés par le gouvernement ne servent à rien. Je découvre aussi que les ours sont mieux acceptés qu'on ne le pense dans les Pyrénées. Je lis enfin que les lynx sont accusés de prédation sur les chevreuils alors même que les chasseurs justifient leurs actions parce qu'il y a trop d'ongulés.

Paradoxe, quand tu nous tiens ! Ce serait presque comique si cela ne causait pas tant de morts.

Je jette un coup d'œil à mon squatteur. Il est allongé de tout son long sur le tapis, dévoilant des côtes saillantes et un poil hirsute. Ses yeux sont clos. Cependant, son ventre se soulève avec régularité : il respire bien, c'est déjà ça. N'empêche. Je ne sais toujours pas comment l'aider.

Si je me réfère aux lois, le loup est une espèce sauvage et protégée. Je n'ai doublement pas le droit de lui venir en aide. Le mieux serait d'appeler un refuge spécialisé. Et si je n'en trouve pas, de continuer ma route sans me retourner. C'est la nature, après tout.

Mouais.

Vu ce qu'on lui fait subir, à la nature, je trouve ce délit de solidarité entre espèces bien hypocrite. Et quand je lis ce qu'il advient des loups récupérés par les refuges...

Me voici donc hors la loi. Cela ne me déplaît pas, mais ne me donne pas d'autre solution que piller le congélateur de mon père pour le nourrir et croiser les doigts pour que mon protégé décide de partir pour de nouvelles aventures au matin.

Me voici repartie, équipée de mon fidèle téléphone, de l'autre côté du jardin. La pluie a cessé, laissant place à un vent frais, qui chasse les nuages et rend au ciel nocturne chacune de ses étoiles. À l'intérieur de la maison, en dehors du tic-tac régulier de la pendule accrochée au mur, tout est silencieux. J'ouvre la porte du cellier. Sur les étagères, des confitures et des conserves étiquetées – d'une écriture qui n'est pas la sienne; dans des cageots de bois, pommes, poires, rhubarbe, patates et autres légumes entassés. Au fond, à l'abri dans le grand bac blanc, les aliments surgelés. À l'intérieur, je découvre des soupes, quelques sorbets maison et les morceaux d'agneau tant convoités. J'en récupère quelques-uns – avec des os de préférence, et je m'en vais comme une voleuse, prenant soin de ne laisser aucune trace de mon passage.

Arrivée devant mon studio, je m'arrête net. Bouffée d'angoisse, ventre noué. Et s'il prenait peur? Et s'il me sautait à la gorge en m'entendant arriver? Il me faut un moment avant d'oser grimper jusqu'à la véranda. Tremblante, je pose la main sur le battant de la porte. Peut-être que je pourrais chanter pour le prévenir? Je commence à fredonner la première chanson qui me vient à l'esprit: celle de Lily Allen, qui m'a accompagnée durant si longtemps.

Un. Je pousse la porte.

Deux. J'entre.

Trois. Je souffle, lentement.

Je suis vivante. Il ne m'a pas attaquée. En même temps, mon escapade a duré moins de dix minutes et il n'a pas bougé. Je pose mon précieux butin dans le mini-frigo du coin cuisine, je me lave les mains et je me retourne pour l'observer. Il dort profondément.

Le pauvre. Il doit être à bout de force.

La lumière de ma lampe de chevet l'éclaire d'un halo doux. Je m'empare de mon appareil : j'effectue quelques réglages, ouverture, balance, ISO et je le pose à plat sur mon tabouret. Le secret d'une bonne photo de nuit, sans flash évidemment, c'est la stabilité et le temps de pose. Voilà. L'angle est bon. C'est parti.

Cinq photos plus tard, il ouvre les yeux.

J'y devine du désarroi, de la douleur aussi. Émue, la gorge nouée, je m'accroupis, à deux mètres de lui.

– Comment t'aider ? Je me sens tellement démunie...

En réponse, il soupire, détourne la tête, se lèche les babines et tend délicatement une patte vers moi. Je me retiens de la prendre dans ma main. J'essaie de comprendre ce qu'il tente de me transmettre. Internet est mon ami. Cette nuit, le réseau aussi. Je cherche : communication + loups. Je tombe sur quinze tonnes d'articles sur les hurlements. Je me rabats sur les expressions faciales des chiens. Se détourner. Cligner des yeux. Se lécher les babines. Soupirer. Autant de signes de politesse et d'apaisement. En le scrutant depuis tout à l'heure, je me suis peut-être montrée maladroite, voire intrusive.

– D'accord. J'arrête de te regarder. Je ne te veux aucun mal. Tu es en sécurité, ici, j'ajoute en me détournant de lui. Je vais tout faire pour te protéger.

De nouveau, il soupire.

Cette fois, j'ai l'impression qu'il se détend un peu.

OK. On va peut-être pouvoir s'entendre, lui et moi.

Et soudain, la fatigue me tombe dessus. C'est net, sans appel. Trop de tensions, trop d'émotions accumulées en quelques heures, qui s'envolent d'un coup. Je bâille, je m'étire. Je lui jette un coup d'œil furtif, constate qu'il fait la même chose que moi.

Avec l'impression d'avoir décroché la lune, je me traîne jusqu'à mon lit.

Quand je bascule dans le sommeil, toutes mes peurs ont disparu.

## -8-

*Je suis au carrefour des chemins, enveloppée du bleu de ma longue chevelure. Face à moi, le grand loup gris m'observe avec curiosité. Cette fois, je ne perçois pas la présence de sa meute autour de nous. Elle n'est pas loin, j'en suis sûre. Pour le moment, nous sommes juste tous les deux. Je cligne des paupières. Il s'avance vers moi, d'un pas doux et tranquille. Instinctivement, je m'accroupis. Je ne bouge plus. J'attends. Bientôt, une truffe froide se pose contre mes joues, ma bouche, mes cheveux. Une langue me dit bonjour, car c'est ainsi, je le comprends, que les loups se souhaitent la bienvenue...*

J'émerge du sommeil avec le sentiment d'une présence, toute proche. L'espace d'une seconde, je me demande si c'est mon père, venu voir discrètement si on peut discuter. Et puis, sans même ouvrir les yeux, je me rappelle – et je sais.

C'est le loup qui a échoué chez moi, hier à minuit.

C'est aussi le loup de mon rêve récurrent.

Impossible de me tromper sur ce point. Même pelage. Mêmes iris jaune ambré. Même tache sombre sous la truffe.

Est-ce sa façon de communiquer avec moi ? Est-ce mon inconscient qui m'envoie des messages venus du fond des temps, quand les premiers humains et les premiers canidés ont décidé de faire un bout de chemin ensemble ? Je n'en sais rien. Ça me semble tellement surréaliste, tellement dingue surtout ! Sans compter que je ne comprends pas pourquoi il m'a choisie, moi, la citadine fraîchement débarquée, plus à l'aise sur le bitume qu'en forêt.

Sensation humide sur ma joue.

Sa truffe contre ma peau. Un contact prudent et curieux. Je garde les yeux fermés. J'ose à peine respirer, de crainte de rompre ce moment à la fois magique et effrayant.

Enfin, il s'écarte un peu de moi.

J'en profite pour tourner la tête vers lui, le regarder entre mes cils. Aussitôt, il détourne la tête et recule. Sans effroi, cependant. Ce matin, il est prudent, plus qu'effarouché. Je me redresse avec lenteur. Il bat en retraite, trébuche maladroitement – et je me rends compte qu'il a du mal à se déplacer correctement.

Soudain, je pense à Ari. Il connaît bien les loups. Du moins, il en donne l'impression. Peut-être aura-t-il une idée ? Il ne m'apprécie pas, j'en suis consciente. Mais pour Dreamer – c'est son nom, je viens de le décider, et puis ça me rassure de pouvoir le nommer – il fera peut-être un effort ?

Le souci, c'est que je n'ai pas son numéro de téléphone. Je peux toujours demander à mon père ? D'accord, Ari et moi, on ne s'est pas quittés en bons termes, hier. En toute objectivité, je n'ai pas été très sympa avec lui depuis mon arrivée. Avec personne, en fait.

Je soupire.

Il serait peut-être temps de faire un effort?

Je me lève, me force à détourner les yeux de Dreamer et à chasser une bonne fois de mes tripes la crainte irraisonnée d'être attaquée. Dans le frigo, je prends un gigot décongelé et le pose pas trop loin de lui. Je remplis d'eau fraîche le saladier. Puis je me douche rapidement, je change mes pansements et je m'habille en vitesse. Avec un peu de chance, mon père est encore à la maison.

– Je te retrouve tout à l'heure, dis-je au grand loup gris. Sois sage...

C'est un peu idiot ça.

Sois sage, pour un loup, ça signifie quoi?

Je traverse le jardin, humant à pleines narines les parfums des fleurs distillés par l'humidité. J'entre. Perché sur un tabouret de bar, au comptoir de la cuisine, mon père écoute la radio en buvant sa chicorée.

*... deux brebis ont été tuées dans la commune de Sainte-Barbe. S'agit-il d'une attaque de la nouvelle meute signalée dans la région ou, comme le pensent certains opposants au plan loup, des conséquences des tirs de prélèvement qui pousseraient les survivants ou les jeunes adultes isolés à attaquer les troupeaux? Quoi qu'il en soit, les éleveurs sont inquiets. Nous en avons interrogé quelques-uns, parmi lesquels Soan, Luce et Mathilde, installés depuis plusieurs*

*années à Saint-Lunaire, un écovillage de la commune. « La présence d'autres loups dans une région qui en est déjà bien pourvue est en effet une menace pour nous,* explique un homme que je suppose être Soan. *Nous aimons nos bêtes et nous sommes très préoccupés… » « À Saint-Lunaire, il y a une volonté affichée de rendre toute sa place à la biodiversité, notamment par la réserve de vie sauvage qui a été créée l'an dernier avec le soutien de plusieurs associations écologiques. Cela signifie-t-il qu'elle sera ouverte à ces prédateurs ? » « Pas forcément,* répond l'une des deux femmes, et à l'expression de mon père, je devine qu'il s'agit de Mathilde. *En fait, j'espère que nos concitoyens ouvriront les yeux et que ce ne sera pas le cas. Parce qu'à l'heure actuelle, la présence potentielle de cette meute est anxiogène et pèse dans notre quotidien… »*

Décidément, cette histoire est très mal barrée.

Aujourd'hui, je ne peux pas me contenter de ce constat. Ni de remarques cyniques ni même d'un vague coup de main à Ari s'il décide de changer la donne. Aujourd'hui, je suis responsable d'une vie. Je suis obligée de m'impliquer. Pour lui, pour sa meute, pour pouvoir continuer à me regarder dans un miroir le matin, aussi.

– Salut papa, je lance en le rejoignant.

– Salut, ma puce, me répond-il, éteignant le poste avec un sourire las. Bien dormi ?

– Ça va. Je te demande pardon pour hier, j'ajoute en versant la boisson chaude et parfumée dans un mug couleur brique. Je n'ai pas été très diplomate.

– Pas diplomate ? répète-t-il. Ça, c'est sûr. Tu sais, à Saint-Lunaire, les gens prennent le temps d'écouter les différents points de vue et de discuter, même s'ils ne sont pas d'accord. Cracher sa colère et partir en claquant la porte, à part blesser l'autre, ça ne sert pas à grand-chose.

Gloups. Ça fait mal, même si je l'ai mérité.

– Désolée, papa.

– J'ignorais que c'était si difficile, là-bas, poursuit-il. Quand j'avais ta mère au téléphone, elle ne me parlait jamais de ça. Elle me disait que c'était compliqué entre Olivier et toi, rien de plus. Je savais depuis longtemps que nous ne partagions pas les mêmes idées, lui et moi. Je ne me doutais pas qu'il était à ce point…

– Raciste ? Homophobe ?

– C'est ça, soupire-t-il, gêné.

Je me retiens de lui dire qu'il suffisait de demander. Ou juste d'ouvrir les yeux. Mais, avant de recommencer sa vie ici, il n'était pas en état. Ça ne servirait à rien : entre mon père et moi, la situation est un peu plus détendue, depuis qu'il a accepté de reconnaître que je suis sa fille et qu'il a une responsabilité envers moi, même si je suis majeure. Mais il a beau m'avoir donné des explications justifiant son refus de m'accueillir chez lui, à l'époque, il m'a abandonnée, même si le mot n'a pas été prononcé. Un fleuve de non-dits nous sépare. Et il faudrait peu de choses pour que ce fleuve se transforme en océan. Alors, l'un comme l'autre, on préfère se concentrer sur notre petit déjeuner.

– Tu sais où je peux trouver les jumeaux? dis-je en avalant le fond de ma tasse.

La chicorée, ce n'est pas mauvais mais il me faut du café. Je compte sur la petite épicerie de Saint-Lunaire, repérée le lendemain de mon arrivée, pour m'en procurer.

– Mika doit s'occuper de sa zone d'aquaponie. Ari, je n'en sais rien. Peut-être dans les prés, avec les troupeaux.

– Ils n'ont pas de téléphone?

– Tu sais, ce n'est pas si loin à pied... OK, je vais demander à Mathilde, si tu veux...

Il tape un texto, saisit un Post-It et y copie les deux numéros.

– Tiens. Mika répondra, c'est sûr. C'est vraiment un gentil garçon. Quant à Ari...

– ... il a des trucs à digérer.

– On va dire ça! répond-il avec une grimace. Je serai au chantier toute la journée. Si le cœur t'en dit...

– Pour le moment, je préfère prendre mes marques.

Je débarrasse, je m'esquive rapidement et je retourne auprès de Dreamer. Il a mangé. Il a bu. Il s'est endormi, étendu de tout son long sur le tapis. À la lumière du jour, je le trouve maigre et fatigué mais sa blessure me semble propre et je n'ai pas l'impression que sa vie soit en danger. Cela me rassure un peu. Avec mon portable, je prends deux photos. Je m'apprête à les envoyer à Ari, puis je change d'avis. Diffuser cette image, c'est trop risqué pour le moment. Il aime les loups, c'est vrai. Mais comment va-t-il réagir ? Est-ce qu'il va me suivre dans l'illégalité ?

Alors, je me contente d'un texto.

Si je t'aide à convaincre
le village de laisser
les loups tranquilles,
tu m'aides à sauver
un animal blessé ? 😃

Moins d'une minute plus tard, j'ai une réponse.

??

Laconique, mais clair.

On se retrouve au calme
pour en parler ?

OK. Je suis là-haut, avec
les chèvres et les brebis.

L'idée de bouger loin de Dreamer m'inquiète un peu. Personne ne risque d'entrer ici, cependant. Quant à lui, ce lieu semble le rassurer. Par mesure de sécurité, je lui mets encore un peu de viande à disposition, même s'il n'a pas terminé le gigot.

Cette fois, je ferme la porte avant de m'éclipser.

Reste à croiser les doigts pour que tout aille bien en mon absence.

# -9-

Clochettes et bêlements. Brebis blanches sur fond vert, avec une dizaine de chèvres pour faire bonne mesure. En fond, l'orée de la forêt. Au milieu des bêtes, un border collie attentif à *son* troupeau.

J'ai pris mon appareil photo, par principe. J'hésite à faire quelques prises de vues. J'ai peur que ça fasse carte postale fadasse, de ne pas réussir à saisir la beauté calme des lieux. Je renonce finalement et rejoins Ari, assis sur un gros rocher plat, son carnet de notes à la main.

– Tu as ton permis ? me lance-t-il en me voyant arriver.

– Non, pourquoi ? En région parisienne, il n'y a pas vraiment besoin de le passer, je précise, devant son regard étonné.

– Il y a des centres de soins spécialisés pour animaux sauvages. C'est eux qu'il faut contacter, dans ces cas-là, pour leur amener un animal blessé. Sauf si c'est un faon. Si c'est un faon, ce serait débile de le déplacer…

Il me prend vraiment pour une débile.

– Tu l'as pas déplacé ?

Pensant à Dreamer, je ravale de justesse une réplique cinglante. J'hésite, puis j'affiche sur mon écran l'une des photos prises ce matin et tends le téléphone vers lui. Je suis bien obligée de lui faire confiance – même un peu.

– Attends, mais c'est... Je rêve pas, hein ?

– Non, c'est bien un loup, je réponds en glissant mon appareil dans ma poche. Il a débarqué chez moi hier, en piteux état...

Ari ouvre la bouche, la referme, interloqué.

– Chez... Mais... Et tu...

– Je le nourris de viande décongelée, je lui donne à boire et il est hors de question d'appeler je ne sais quel organe officiel. J'ai lu les articles sur Internet, c'est bon. Si c'est pour qu'il finisse avec une balle entre les yeux « pour la sécurité de tous » ou qu'il soit capturé et emprisonné derrière un grillage...

Il se mord la lèvre inférieure. Visiblement, il a lu les mêmes articles que moi.

– Tu veux bien me montrer de nouveau la photo ?

Je m'exécute. Ari plisse les yeux. Zoome.

– Wow ! C'est vraiment un loup ! s'exclame-t-il, encore incrédule. Tu penses pas qu'il s'est échappé d'un parc ou d'un enclos ? Il me semble qu'il y a quelques spectacles qui tournent dans la région...

Je secoue la tête. D'abord, parce que ce genre d'incident fait la une des journaux. Surtout l'été venu, quand il n'y a rien à raconter. Ensuite, parce que j'en suis sûre sans pouvoir l'expliquer rationnellement, parce que je le sens dans mes tripes, Dreamer est membre de la nouvelle meute que redoutent les Lunaires.

– Il n'a pas été apprivoisé.

– D'accord. Et... À ton avis, qu'est-ce qui lui est arrivé ?

Des images, des sensations me parviennent. Brèves. Brutales.

*Asphalte noir. Un bolide lancé à pleine vitesse. Lumière des phares. Aveuglante. Saut sur le côté. Choc, malgré tout. Douleur. Incompréhension.*

Je cligne des yeux, abasourdie.

Est-ce une hallucination ? Est-ce Dreamer qui m'envoie ces informations ?

– Je crois... Je crois qu'il a été heurté par une voiture...

Ari me dévisage, de plus en plus perplexe. Inutile de préciser qu'il s'agissait probablement d'un acte délibéré, il me prendrait définitivement pour une allumée.

– Il faudrait qu'il soit examiné par un vétérinaire, mais...

– Dans le coin, termine Ari, ça risque d'être compliqué. Je propose d'aller voir mon frère. Dans ces situations-là, il est toujours de bon conseil. Mika et moi, on n'est pas toujours d'accord... Enfin, presque jamais, surtout ces derniers temps... Bref, il est écœuré par la tournure que prend la situation, ajoute-t-il, remarquant mon hésitation. Il nous aidera, je te le promets. Tu veux bien que je l'appelle ?

– OK. Je te fais confiance.

Un sourire joyeux illumine ses traits. Comme si, avec ces quatre mots, j'avais ouvert un sésame. Il est tout aussi cabossé que moi dans son genre : sa colère, son agressivité, masquent une vulnérabilité née de son déracinement. Lui, on l'a arraché à son pays, à sa famille finnoise pour le balourder ici, autant dire nulle part. Moi, on m'a forcée à rester avec des gens dont la façon de vivre et de penser était une violence quotidienne pour moi.

Ari échange quelques SMS avec son jumeau, avant de relever les yeux vers moi.

– C'est bon. Mika arrive.

– Tu lui as dit, pour Dreamer ?

– Tu lui as donné un nom ?

Il se renfrogne aussitôt.

– Oui. Ça me rassure. J'ai un peu moins le sentiment de nager en plein délire…

Ce qui est bien avec lui, c'est qu'il est sincère. La moindre de ses émotions transparaît sur son visage.

– Qu'est-ce qui te chiffonne ?

– C'est juste que c'est un animal sauvage. Les animaux sauvages n'ont pas besoin de nom. Pour moi, c'est comme si tu lui enlevais un peu de sa liberté…

Je repense à ce que m'a dit mon père ce matin et j'essaie de prendre le temps de réfléchir avant de m'énerver.

– C'est lui qui est venu chez moi, Ari. C'est lui qui m'a demandé de l'aide. Hier, j'ai cherché comment communiquer avec lui. J'ai trouvé des trucs sur Internet. Des trucs qui ont fonctionné. En échange…

Je m'interromps. Va-t-il me prendre pour une folle si je lui dis la vérité? Si je lui dis que Dreamer m'a parlé? M'est apparu en rêve? M'a envoyé des flashes expliquant son accident? Même moi, j'ai du mal à accepter cela. À me dire que ce n'est pas un délire de mon imagination ni un fantasme né d'un trop-plein de lectures de *fantasy*. Mais la réalité.

– Disons qu'il fait des efforts de son côté...

– Ce qui m'inquiète, c'est que s'il s'habitue à l'homme, s'il apprend à ne plus en avoir peur, rien ne l'empêchera de s'attaquer aux troupeaux ou de se mettre en danger en s'approchant trop près des habitations, par exemple.

Je ne réponds rien. Vu comment se comportent des humains lorsqu'ils sont confrontés à des animaux dits « féroces » – ou pas, étant donné qu'ils abattent aussi les veaux échappés de l'abattoir qui divaguent sur la voie publique – Ari n'a pas tort. Pourtant, je suis convaincue qu'ériger des frontières entre eux et nous n'est pas une solution.

De toute façon, les frontières ne sont *jamais* des solutions.

Au moment où je me décide à être franche avec lui, à tout lui balancer sur Dreamer et moi, la silhouette athlétique de Mika se dessine à l'orée du chemin. Le border collie qui m'avait snobée se précipite dans sa direction avec un jappement ravi, lui tourne autour en bondissant comme un kangourou avant de retourner ventre à terre surveiller les chèvres et les moutons. Il est mignon, ce chien. Mais, face à une meute ou même un loup solitaire, il ne fait pas le poids.

– Salut Clara, lance Mika en nous rejoignant avec un sourire amical. Ari m'a envoyé un SOS, alors me voilà !

Je comprends pourquoi mon père l'aime bien. Calme, posé, pas du tout rancunier, Mika a tout du jeune homme bien sous tous rapports. C'est très énervant. C'est aussi très commode – aujourd'hui en particulier. En quelques minutes, photos à l'appui, Ari et moi, on lui expose la situation : Dreamer qui débarque en pleine nuit dans mon studio, épuisé, blessé même s'il n'a rien de cassé, nos craintes vis-à-vis de la voie officielle, vis-à-vis de son avenir, de la meute également.

– Comment tu sais que c'est la sienne ? me demande Mika. Je veux dire, je suis d'accord avec toi sur le fait qu'on serait déjà au courant depuis longtemps s'il s'agissait d'un animal de spectacle. Mais il pourrait appartenir à l'une des familles décimées par les derniers tirs.

Je ferme les yeux. Je me concentre. J'essaie de me remémorer les loups de mon rêve. De nouveau, des images apparaissent dans mon esprit.

*Un couple. Deux louves. Des sœurs. Leurs filles. Des jeunes aux pattes trop longues. Lui, à peine en retrait. Une famille. Unie. Vivante.*

– Non. C'est le frère de l'alpha...

– Il n'y a pas d'alpha ni de bêta chez les loups, coupe Ari. Il y a des parents, des enfants, des oncles et tantes éventuellement. Mais ces histoires de mâle dominant, c'est de la connerie.

Je ne sais pas pourquoi, peut-être parce que le côté mâle alpha me rappelle mon beau-père, qui croit que gueuler sur les autres assoit son autorité, ça me soulage d'apprendre ça.

– OK, je comprends vos réticences vis-à-vis des refuges pour la faune sauvage et des vétérinaires du coin, réfléchit Mika. Le souci, c'est qu'aucun de nous trois n'a les compétences pour soigner un loup. En plus, c'est totalement illégal…

– Tu comptes nous lister les lois et les décrets, aussi ? coupe sèchement Ari. On sait, tout ça. Pour le moment, on essaie de comprendre pourquoi il s'est réfugié chez Clara et d'éviter le massacre qui se profile dans les prochains jours !

Mika fronce les sourcils, un peu vexé.

Moi, je les écoute, attentive et pourtant lointaine. Comme si une part de moi-même se trouvait dans mon studio auprès de Dreamer. Comment se sent-il ? Se repose-t-il encore ? Est-il seulement resté chez moi ?

*Douleur soudaine au bas du dos. Sensation d'épuisement. Je perçois mon lit. Besoin de dormir. Manger. Manger, surtout. En sécurité. Le reste importe peu.*

– Merde !

– Qu'est-ce qui se passe, Clara ? demande Mika. Tu es livide.

– Je…

Je ne peux pas leur dire qu'une partie de mon cerveau est branchée sur un loup qui m'envoie des images, des mots, des sensations.

– Clara ?

Les jumeaux me dévisagent avec inquiétude. Vite ! Une excuse bidon !

– Je viens de me rendre compte que… Truc de fille. Mais ça ira, vous inquiétez pas, j'ajoute devant leur regard gêné. Il y a plus important, je crois. Le nourrir et trouver le moyen de protéger les siens !

Nous sommes unis.

*Sur notre chemin, une odeur âpre et musquée. Un avertissement. Nous entrons sur le territoire d'un autre. Oreilles pointues, robe tachetée, griffes acérées. Plus agile que nous. Solitaire, néanmoins.*

*Il n'y aura pas de conflit si nous contournons son domaine.*

*Il n'y aura pas de conflit s'il ne sent pas l'odeur de nos petits.*

*Ainsi nous ferons encore un détour pour rejoindre notre frère. Nous percevons son épuisement. Nous percevons sa tranquillité, aussi. Il se repose. Hors de danger. Nous le savons – d'instinct.*

*Nous écoutons.*

*Nous nous sommes éloignés des tueurs. Nous nous sommes éloignés de leurs armes et de leurs chiens.*

*Nous humons, en contrebas, le fumet lourd entêtant d'une harde de sangliers. Ce sont des proies puissantes et dangereuses. Mais nous avons de nouveau faim. Nous prenons le risque. Nous suivons leur piste. Nos plus jeunes mettent leurs pas dans les nôtres. Nous prenons la direction du soleil couchant. Nous ralentissons lorsque leur odeur, portée par le vent, devient si forte que nous les devinons tout proches. Notre éclaireuse s'élance, silencieuse et secrète. Contourne les buissons, disparaît parmi les ronces et les fougères. Nul besoin de la voir pour connaître chacun de ses mouvements, recevoir à la perfection les informations dont nous avons besoin pour notre chasse. Elle s'immobilise, une patte levée, à quelques mètres au-dessus du groupe que nous traquons. Prudence. Observation. Plusieurs adultes. Des marcassins, à la chair tendre et savoureuse. Trop bien protégés. Intérêt soudain pour un jeune mâle, qui fourrage le sol un peu à l'écart des autres.*

*C'est lui.*

*C'est lui que nous choisissons.*

*D'abord, semer la panique parmi les siens. Ensuite, l'isoler. Une laie charge. Notre éclaireuse l'esquive, saisit son petit dans la gueule et bondit hors de portée. Elle est agile. Plus que la laie affolée. Parvient à l'entraîner loin de nous. Nous encerclons notre proie. Imprudent, surexcité, l'un de nos petits tente une attaque frontale. Évite de peu d'être éventré. Vite, nous encerclons le sanglier, nous le harcelons, nous esquivons ses attaques. Nous le poursuivons à travers bois, l'acculons, le vidons de ses forces. Enfin, une ouverture. L'un de nous bondit sur l'une de ses pattes. L'autre le saisit à la gorge. Il se débat, grogne, glapit – puis se tait.*

*Alors que nous commençons à dépecer notre proie, nous gorgeant de chair encore chaude et de sang, notre éclaireuse revient en boitillant. Dans sa gueule, le marcassin qu'elle dépose aux pieds des plus jeunes. Sur sa cuisse, une blessure. Sa douleur est supportable. Tout de même, nous lécherons sa plaie pour nous assurer qu'elle ne dégénère pas.*

# -10-

Les garçons m'ont promis une livraison de viande à la tombée de la nuit.

De la viande tout droit sortie du congélateur maternel.

Ce qu'Ari appelle le paradoxe des éleveurs, qui aiment leurs bêtes mais n'hésitent pas à engraisser les agneaux et les tuer pour leur viande, et chialent quand un loup emporte l'un d'eux. Mika trouve qu'il exagère, évidemment. Sur le coup, je ne prends aucun parti. Je suis bien trop contente d'avoir de la viande pour nourrir Dreamer.

J'ai passé la matinée avec les jumeaux. On a cherché ensemble la meilleure stratégie pour aider Dreamer et sa meute à échapper aux tirs des louvetiers. On a mis de côté nos différends, même si on s'est disputés – un peu. On a pris des notes – beaucoup. Enfin, Mika, surtout. Il a rempli plusieurs pages de son carnet. Et il nous a promis un débrief tout propre d'ici ce soir.

Histoire que l'on n'oublie rien.

Mika m'agace toujours un peu, avec son côté trop sérieux, trop raisonnable pour ses dix-sept ans – presque dix-huit!

Parfois, j'ai l'impression de parler avec une photocopie d'adulte, alors qu'il est plus jeune que moi. On le dirait sorti d'une de ces séries américaines où les ados sont cent fois plus mûrs et responsables que leurs parents – généralement célibataires, survoltés et paumés. Malgré cela, je crois que je l'aime bien. Je me doute que cette retenue systématique est autant sa manière à lui de se protéger du monde que de réagir à la révolte de son jumeau. D'une certaine façon, il endosse ce rôle parce qu'on ne lui a pas laissé le choix. Ari, c'est tout l'opposé de lui. Écorché vif, en colère contre le monde entier, il pointe du doigt toutes les incohérences de la petite communauté de Saint-Lunaire. En particulier, celles de sa mère avec laquelle il est en conflit ouvert. Les compromis le hérissent. Les négociations l'horripilent. Pour lui, la meilleure façon de protéger cette meute est de rentrer dans le tas.

Je sais par expérience que l'opposition frontale, même si elle soulage à court terme, ne mène à rien. Je sais aussi qu'à force de concessions, on finit par oublier ses propres valeurs.

Alors, même si la balance de mes convictions penche du côté d'Ari, je me force à naviguer entre deux eaux.

La réunion décisive aura lieu la semaine prochaine. D'ici là, il nous faut trouver le moyen de convaincre Mathilde, ses associés et mon père, les opposants les plus déterminés à la présence de la meute, de se ranger de notre côté. Pour le moment, on n'a toujours rien défini de concret: je suis censée photographier Dreamer sous tous les angles, l'idée de départ était de créer le buzz façon « mon loup et moi » sur les réseaux, mais on a vite renoncé. Entre cette foutue loi qui fait du sauvetage d'animaux sauvages un délit de solidarité et l'omniprésence des chasseurs, ce n'est même pas la peine d'essayer. Sans compter, a souligné Mika avec un coup d'œil rapide à son jumeau, ceux qui pensent que la seule manière de protéger les autres espèces de la nôtre, c'est de nous interdire tout contact avec elles.

Ari n'ayant rien répondu, j'en ai déduit qu'il était en pleine réflexion sur ce sujet. On a décidé que les photos seront envoyées à l'ASPEF, l'une des associations spécialisées dans la protection des grands prédateurs en France. Ari en profitera pour leur demander concrètement du soutien : conseils pour convaincre les Lunaires d'accepter les loups, aide médiatique peut-être et envoi express d'un vétérinaire de terrain s'ils en connaissent un – on ne sait jamais. Ensuite, Ari, Mika et moi, on se relaiera pour surveiller les troupeaux. Mika a également proposé de contacter quelques amis en vacances dans la vallée pour qu'ils viennent nous aider. Il en connaît au moins trois qui seraient partants. Comme il a rougi, j'en ai déduit que sa suggestion n'était pas désintéressée et qu'il était peut-être amoureux.

Ce n'est pas grand-chose, pourtant j'ai l'impression qu'on a fait un grand pas en avant. On en est là, quand je quitte la rue principale de Saint-Lunaire pour m'engager sur l'étroite venelle qui descend vers l'orée de la forêt et notre maison. Allongé sur un muret de pierres, un grand chat noir me regarde passer, les yeux mi-clos. D'une fenêtre ouverte s'envolent les claires paroles d'une chanson.

*Ne regardez jamais en bas*
*Ou le méchant loup vous mangera*
*Vous perdrez l'équilibre**...

Décidément, même en musique les loups ont mauvaise réputation. J'arrive devant la maison. Je pousse le portail de bois, m'engage sur le sentier menant à mon studio. Je repère pour la première fois depuis mon arrivée les nichoirs dans les arbres, les framboisiers, les pieds de rhubarbe rouge et le grand prunier. Je remarque aussi une longue crotte brune sur le sol. Levant les yeux vers la véranda, je m'aperçois que la porte de ma tanière est entrouverte. Mon cœur manque un battement. J'imagine le pire. Dreamer semant la panique dans les rues de Saint-Lunaire. Dreamer traqué par les agents de l'Office national de la chasse et de la faune sauvage, les gendarmes et les louvetiers. Dreamer acculé, affolé, abattu, comme tous les autres, tous ceux que les hommes considèrent comme dangereux ou gênants et qu'ils éliminent sans se poser de question.

Je me précipite vers le seuil, j'ouvre, personne. Sur le sol, l'assiette et le saladier – vides tous les deux. Merde ! Je ressors *illico*, les larmes aux yeux, la peur au ventre.

---

* Pomme, « Soleil Soleil », album *Failles*, 2019.

– Dreamer ! Dreamer !

Il ne répond pas, bien sûr.

Je suis stupide. Ce n'est pas un chien. Il ne connaît pas son nom. Et Ari a raison, probablement que cela n'a aucun sens pour lui. Soudain, j'ai un éclair de lucidité. Je cherche des empreintes, dans l'espoir de trouver la direction qu'il a prise. Avec un peu de chance, celle de la forêt. Mais non, je ne discerne qu'une trace infime dans la poussière – et puis rien.

Peut-être est-il vraiment parti ?

Je m'effondre, submergée par la peur, la colère et le chagrin.

Je ne veux pas. Pas maintenant. C'est injuste. Il ne peut pas me faire ça. Débouler dans ma vie. Disparaître. Juste comme ça.

Mais c'est un loup.

Sans prévenir. Sans dire au revoir.

Un animal sauvage.

C'est dégueulasse.

Sa culture n'est pas celle des hommes.

Il m'a trahie. Il m'a laissée tomber.

Tu fais de l'anthropomorphisme.

Je m'en fous, j'ai trop mal, anthropomorphisme de toute façon c'est un mot à la con.

Je reprends mes esprits en prenant soudain conscience d'une présence, tout proche. Une présence calme et bienveillante, intriguée également.

Dreamer !

Je le contemple, les yeux brouillés de larmes. Et, comme dans mes rêves, il s'avance jusqu'à moi, pose sa truffe contre ma joue mouillée, lèche mon visage et ma bouche. Je me laisse faire, émue, avant de glisser mes doigts dans sa fourrure, sentant ses différentes couches de poils, osant à peine croire à ce que je suis en train de vivre. Nous restons longtemps ainsi.

Silencieux.

Connectés.

La vibration de mon téléphone rompt la magie de ce moment hors du temps. Alarmé par le son, il bondit aussitôt en arrière. Je consulte ma messagerie.

> J'ai contacté l'ASPEF. Je leur ai parlé de Dreamer. Tu n'es pas la seule dans ce cas, même s'ils disent que tu es complètement inconsciente (et que nous aussi). Apparemment une femme a trouvé un vieux loup dans son garage il y a quelques années. Il a été euthanasié (d'après eux il était vraiment vieux et malade). Ils seraient OK pour aider. Ils veulent des photos (genre être sûrs qu'on ne confond pas les loups et les chiens-loups tchécoslovaques). A+ Ari

Je réponds aussitôt.

> OK. Je t'envoie ça tt à l'heure.

J'observe Dreamer. Assis sur son arrière-train face au soleil couchant, les oreilles dressées, il observe avec attention les alentours. J'essaie de me mettre à sa place, d'imaginer ce que représente pour lui cet espace aménagé par des humains, la façon dont il le saisit : des cinq sens, il me semble que c'est l'odorat le plus développé chez son espèce. Ici, il y a des fragrances de thé, de vanille, de fleurs d'été. Du moins, c'est ce que mon nez reconnaît le mieux. Que perçoit-il de plus ? Y a-t-il pour lui autant de nuances dans les parfums qu'il y a pour moi de nuances dans les roses et mauves du crépuscule ?

J'utilise mon téléphone pour effectuer quelques prises de vues rapides et les envoyer à mon ami. Puis, je prends mon appareil photo. J'effectue quelques réglages. Je cherche le bon angle. Nez pointu. Yeux d'ambre. Posture digne. *Clic.* Je continue. Un plan rapproché. *Clic.* Un contre-jour. *Clic.*

Je programme le retardateur. Je m'agenouille à côté de lui. Coup de langue rapide sur ma joue. *Clic.* Je pose une main sur son dos. Est-ce un sourire qui étire ses babines ?

*Clic. Clic. Clic.*

# -11-

– Tes photos sont magiques !

Mika, Ari et moi sommes assis sur les gros rochers qui surplombent la prairie où pâturent les brebis et les chèvres de leur mère et de ses associés. Sur ma tablette, les portraits d'hier, soigneusement retravaillés pour accentuer leur profondeur. Quand les jumeaux m'ont livré, au clair de lune, des morceaux de viande empaquetés dans du papier kraft, j'ai bien senti qu'ils étaient déçus de ne pas rencontrer Dreamer. Je ne préfère pas, pour le moment. J'aurais peur de trahir sa confiance.

– Ce serait vraiment génial si on pouvait les exposer à Notre-Dame-de-l'Espérance, dit Ari. Vous imaginez le truc ? On fait un super tirage et tout, on accroche ça la nuit, et le lendemain en arrivant sur le chantier...

– Mon père fait un arrêt cardiaque ! L'idée est top, cela dit. Il faut juste bien border le truc, que ça ne se retourne pas contre nous, contre Dreamer et sa meute, surtout. Il y a combien de lois qui interdisent de garder un animal sauvage chez soi, déjà ?

– Quatre, de mémoire, intervient Mika. À la base, c'est aussi pour les protéger, tu sais…

– Le petit-faon-ramassé-par-les-promeneurs-débiles-et-inconscients-qui-ne-savent-pas-que-sa-maman-est-juste-partie-manger-blablabla… Oui, je suis au courant, merci !

– Je ne dis pas ça pour toi, proteste Mika, les mains levées en un geste apaisant.

– N'empêche. Interdire systématiquement au lieu d'éduquer, c'est débile.

– Ce n'est pas faux, admet-il. Bon, pour l'exposition, je note ça sur notre liste. Je voulais vous l'envoyer hier, comme convenu et puis je suis parti sur des recherches permettant de nourrir notre argumentation face à maman et David, et ça m'est sorti de l'esprit.

– Et tu as trouvé quoi ? je demande.

– Quatre tonnes de documentation sur une cohabitation possible avec les loups. Sur la détresse des éleveurs, aussi, pour qui leur présence est perçue comme l'ultime coup de massue. En France, un agriculteur se suicide tous les deux jours, parce qu'il est assommé par les dettes, parce qu'il est totalement isolé et ne voit pas d'issue à sa situation.

– Mouais, grogne Ari.

– Regarde maman, Soan et Luce ! Tu as vu les conditions qu'on leur impose, juste pour avoir le droit de faire leur métier ! Tout ça, sans aucune aide ou presque. Et Guylain qui est obligé de se mettre hors la loi pour faire pousser ses légumes anciens ? Maman et les autres sont dans la merde, Ari.

– Être dans la merde ne donne pas le droit de tuer, coupe Ari.

Il a raison, bien sûr. Je me retiens de le leur souligner : de nouveau, l'orage gronde entre eux, inutile d'en rajouter.

– Et du côté de la cohabitation ? je demande, après avoir bu une gorgée d'eau citronnée.

– Déjà, pas mal d'éléments de comparaison entre différents pays : en Italie, par exemple, ils vivent depuis super longtemps avec les prédateurs et il y a beaucoup moins de problèmes que chez nous. Ils savent comment protéger leurs troupeaux et se donnent les moyens de le faire. Ils utilisent des clôtures assez hautes, ils ont des chiens de berger élevés dès la naissance avec les bêtes, ils sont présents. En Espagne, la chasse aux loup a été définitivement interdite. En Allemagne, le loup est strictement protégé depuis son retour.

– En gros, il n'y a que chez nous que ça coince ! dis-je avec un haussement d'épaules.

– En France, on a éradiqué les loups, les lynx et les ours. Bref, tous les prédateurs qui menaçaient notre souveraineté au lieu de chercher d'autres solutions pour partager notre territoire et nos proies, continue Mika, du ton professoral, un peu pédant, qu'il adopte dès qu'il essaie d'expliquer un truc. Moralité, d'après les experts, on fait partie des pays qui ne savent plus comment partager leur territoire avec les autres.

C'est marrant, je pense à mon beau-père en entendant ces mots. À mon beau-père pour qui le monde se divise en deux catégories, les Blancs et leurs ennemis.

– C'est pour ça que c'est la cata. Cela dit, les attaques sont réelles. Et il y a effectivement des tueries. Sauf qu'on est loin du terrible prédateur super organisé qui planifie son coup des jours à l'avance ! En fait, nous explique Mika qui s'est décidément super bien documenté, des études, effectuées en France, montrent que ce sont généralement des loups isolés ou des jeunes adultes qui s'en prennent aux troupeaux. Sans stratégie, sans penser aux autres, en fonçant dans le tas...

– Des petits cons, en somme ! je lance, sur le ton de la plaisanterie.

– C'est ça, grimace-t-il. Quant aux brebis, on est loin des bêtes terrifiées qui se jettent de la falaise la plus proche pour échapper au monstre. Enfin, ça arrive certainement, mais les vidéos que j'ai vues montrent surtout qu'elles continuent à brouter à proximité des loups. Et du chien, aussi...

– On va peut-être réussir à convaincre maman et les autres de travailler avec des patous ? intervient Ari, les yeux brillants.

– Des clôtures adéquates, des chiens adaptés et une présence humaine : c'est la meilleure des stratégies, approuve Mika. D'ailleurs, il y a de plus en plus d'éleveurs, en France, qui participent ou souhaitent participer à des programmes du type PastoraLoup...

– Pasto... ? je lance, arquant un sourcil.

– Un programme basé sur le bénévolat, qui permet d'aider les bergers et les éleveurs à surveiller les troupeaux, dans les zones à loups. Le problème, c'est qu'on ne les entend pas. Et que les autorités préfèrent agiter le spectre du grand méchant loup plutôt que proposer de vraies solutions pour leur permettre de s'en sortir...

– Un peu comme les immigrés qui servent de bouc émissaire à une société en crise, dis-je pour conclure.

Les jumeaux me dévisagent avec étonnement.

– Mais oui, c'est exactement ça ! Tu as raison, Clara, dit Mika.

– Ça m'arrive, de temps en temps ! Plus sérieusement, on fait comment, maintenant ?

– Déjà, on accueille les copains qui viennent nous aider !

Au bas du chemin, deux garçons et trois filles aux jambes bronzées nous font de grands signes amicaux.

– Y'a vraiment des loups ? demande une petite brune à la peau semée de taches de rousseur et aux yeux brillants d'excitation que Mika couve des yeux comme un trésor.

– Ce serait trop cool ! s'écrie sa copine.

Dix minutes plus tard, tout le monde s'est réparti entre les trois grands espaces où paissent les moutons – ceux de Mathilde et ceux de ses associés.

J'ai apporté mon appareil photo. Je suis en mode reporter de terrain. J'imagine déjà le titre de l'article : « Vivre avec les loups ? C'est possible ! » D'accord, je me contenterai peut-être des images et je laisserai le reste à un pro.

Dans l'après-midi, Ari me rejoint. L'air gêné, il passe la main dans ses cheveux blond clair.

– Je suis un peu jaloux, m'avoue-t-il avec simplicité. Depuis qu'on a atterri ici, je rêve de croiser une meute. Ou même un seul d'entre eux. Et toi, tu débarques avec…

– Avec mes cheveux bleus, mon tatouage et mon air blasé de la vie…

Il rit, se détend un peu.

– C'est à peu près ça.

– Tu sais, je ne comprends pas non plus pourquoi il m'a choisie, moi. D'ailleurs, je ne suis pas sûre que je me serais choisie, moi, à sa place…

– Pourquoi tu dis ça ? interroge-t-il, sincèrement surpris.

– Parce que… Tu vois, au lycée, j'ai participé à plusieurs manifs. Je me suis engagée dans pas mal de trucs – soutien aux migrants, marches diverses. Mais quand je suis arrivée à Saint-Lunaire, j'étais fatiguée. Fatiguée de tout ça. Je n'aurais pas parié sur ma capacité à me battre de nouveau. Et si vite. Et pour une cause qui *a priori* ne me parlait pas tant que ça…

Ari s'assoit près de moi. Il écoute, attentif et silencieux, mes confidences. C'est le moment. Le moment de lui parler du lien étrange qui s'est noué entre Dreamer et moi. Un lien qu'il a créé, avant même que je ne le rencontre.

Alors, je lui raconte mes rêves. Les mots qui ont résonné dans ma tête. Les images et les flashes. Mes intuitions, aussi. Comme si en quelques jours j'avais reçu les bases de la communication non verbale avec les loups. Je me rends compte qu'aussi bizarre, perché, surréaliste que cela paraisse, j'ai déjà accepté et intégré ce que je vis depuis ma rencontre avec Dreamer. Je prends également conscience que la Clara qui, voici quelques jours encore, débarquait à Saint-Lunaire avec une bonne dose de tristesse et de grisaille parisienne, s'efface peu à peu, laissant place à une Clara nouvelle, plus spontanée, moins maussade.

À moins qu'elle ait toujours été présente en moi, attendant l'occasion de pouvoir se manifester ?

Nous sommes tendres.

*Nous nous sommes arrêtés le temps d'un long repos. Notre éclaireuse a perdu du sang. Elle a besoin de reprendre des forces. Nos jeunes jouent, se poursuivent, grognent, se mordillent. Nous nous joignons à eux, tant pour le plaisir que pour renforcer nos liens, pour partager des moments de joie simple et pour leur apprendre comment être l'un des nôtres en s'amusant. Nous nous interrompons, un peu las. Nous nous léchons le visage, nous nous nettoyons mutuellement le pelage. Cela nous apaise, tous.*

*Notre fille s'éloigne et s'allonge un peu à l'écart de nous. Elle quittera bientôt notre famille pour tenter sa chance sur un autre territoire et, si elle trouve un compagnon, fonder sa propre meute.*

*C'est dans l'ordre des choses.*

*Tant qu'elle reste parmi nous, nous avons un seul cœur, une seule âme. Nous sommes un clan. Un clan uni. Chacun de nous est différent et pourtant nous partageons le même esprit, les mêmes vibrations.*

*Dans le crépuscule, notre éclaireuse et les petits se sont blottis les uns contre les autres. Ils s'endorment avec un soupir heureux.*

*Nous veillons. Tendrement. Patiemment. Et quand nous repartirons, nous chanterons de nouveau.*

# -12-

Dreamer a trouvé la planque idéale : derrière mon studio, entre le mur de pierres qui nous sépare du reste du monde, les gravats et les orties. Plein ouest, quand même. Quand j'ouvre la fenêtre de la salle d'eau, je le vois sur ce petit coin inoccupé, qui a dû un jour être conçu pour quelque chose et oublié depuis – tant mieux. Je n'ai pas paniqué, cette fois, quand je suis rentrée chez moi après plusieurs heures passées à surveiller les prés et que j'ai constaté son absence. J'ai su instinctivement qu'il n'était pas loin. Je profite du soleil rougissant sur sa fourrure pour prendre plusieurs photos. Et bien sûr, mon regard accroche la balafre le long de son flanc. Les croûtes brunes disparaissent peu à peu, laissant place à une peau rose et fine.

– Comment tu t'es fait ça ? je chuchote, car je suis convaincue qu'il ne s'agit pas de la voiture.

Il lève la tête vers moi et cligne des yeux.

Je cligne des yeux en retour, puis détourne la tête. Avec mes pauvres bases de communication canine, j'essaie de lui montrer qu'il peut demeurer ici en toute tranquillité, je ne le dérangerai plus.

Vibration, sur mon téléphone.

C'est mon père.

Mathilde nous invite ce soir.
19H30, ça te va ?

Je réponds aussitôt, avant de contacter les jumeaux.

On dîne chez vous. Un peu précoce pour parler loups ou vous êtes d'attaque ?

Les textos des jumeaux arrivent quasiment en même temps.

On le sera 😊

Voilà. D'ici quelques heures, on saura si mon père et Mathilde sont prêts à faire pencher la balance de notre côté. En attendant, Dreamer est en sécurité chez moi. Du moins, tant que personne ne découvre et signale sa présence. Plus qu'une dénonciation, c'est l'avenir de sa meute, et son potentiel avenir sans sa meute qui m'inquiètent. Que se passera-t-il, si les habitants de Saint-Lunaire et leur mairesse cèdent à la pression du préfet et des louvetiers ? Qu'adviendra-t-il de Dreamer ? C'est un loup sauvage, pas un chien. Je me vois mal lui imposer une vie domestique et clandestine, avec au-dessus de la tête le spectre d'un fusil ou d'un zoo. Je n'exagère pas : il suffit de se renseigner sur Internet. Le nombre d'animaux sauvages condamnés à mort juste parce qu'ils sont apprivoisés est hallucinant. Et c'est toujours la même histoire : renard, sanglier, chevreuil, ils sont recueillis blessés, vivent leur vie aux côtés de celui ou celle qui les a sauvés ; et puis un jour, les autorités découvrent leur existence au détour d'une indiscrétion des voisins ou d'une dénonciation et les condamnent à mort. Pour punir leurs humains, hors la loi d'avoir été *humains*, justement. De s'être montrés coupables de sensibilité et d'attachement. C'est dégueulasse. Absurde.

Je ne veux même pas imaginer ce qui se passerait, si ça nous arrivait, à Dreamer et à moi. Je crois que je serais capable de me mettre en travers de la route des chasseurs. Tant pis pour le danger. Tout plutôt que subir pour le restant de mes jours la honte et la culpabilité d'avoir laissé tomber un ami.

Bruit de pattes léger dans mon dos.

Sa présence m'arrache à mes idées glauques.

Je me retourne, l'accueille d'un sourire et m'accroupis afin qu'il me lèche le visage. Pour la première fois depuis notre rencontre, je caresse son cou, son dos, j'effleure même la cicatrice qui balafre son flanc. Au moment même où je retire ma main, par crainte de provoquer une douleur, je suis projetée l'espace de quelques instants dans un chaos de panique et de cris. Une détonation. Une brève sensation de brûlure. Le cœur qui bat. Vite. Très vite. Je comprends qu'il vient de me dévoiler l'origine de cette première blessure. Une blessure qui l'a affaibli avant que la voiture ne le percute.

Je soupire. J'ai mal pour lui. J'ai mal pour moi.

Je ne sais pas comment dire... J'ai mal à l'humain, surtout.

Quand est-ce qu'on arrêtera de détruire au lieu d'apprendre à aimer ? Quand est-ce qu'on arrêtera de détruire au lieu d'apprendre à partager ?

*

J'ai décidé de faire des efforts : dans le jardin, je cueille des fleurs sauvages et j'en fais un petit bouquet. J'enfile une robe un peu rétro, bleue évidemment. Je chausse mes DocMartens – mes petits pieds fragiles sont bien protégés par des pansements – et je laisse de la viande et de l'eau à Dreamer avant de quitter le studio.

Je remonte le chemin, puis la ruelle menant à la place de l'église. Comme d'habitude, le gros chat noir perché sur son muret de pierres me regarde passer avec nonchalance. Arrivée sur l'esplanade, je galère cinq bonnes minutes pour trouver le bon embranchement. Après une interminable ascension entre maisons et prairies, j'atteins la barrière du chalet de Mathilde et des jumeaux.

Ils sont tous là, sur la terrasse, avec un verre à la main.

Mathilde m'accueille avec un sourire qui accentue ses pattes d'oie et fait pétiller ses yeux. Je ne peux pas m'empêcher de la comparer à ma mère, avec ses cheveux châtains coupés en carré sage et son maquillage trop discret, ses vêtements neutres et bien repassés, toujours bien repassés, et ses méditations quotidiennes qui font pansement sur son stress. Elles ont le même âge. Les traits de ma mère sont plus lisses que ceux de Mathilde. Elle semble pourtant bien plus âgée. Je me rends compte également que, même si je ne suis pas complètement fan du personnage, il a fallu à la copine de papa un sacré courage pour quitter son pays d'adoption avec deux ados et passer du job de rédactrice dans une grosse boîte finnoise à celui d'éleveuse, perdue au fin fond de nulle part, et tout recommencer.

Ma mère, elle, n'a pas eu le cran de me téléphoner. Même si on a coupé les ponts, elle aurait pu m'appeler en faisant semblant de se tromper de numéro.

Mon père, un peu en retrait, examine ma tenue avant de me saluer. Mine de rien, il a du mal avec mon look gothique-punk.

– Merci pour les fleurs ! Je vais tout de suite chercher un vase, dit Mathilde.

– Tu veux boire quoi ? me demande Mika. Il y a de la bière sans alcool, du jus de rhubarbe, du cidre...

– Cidre, s'il te plaît.

Au début de la soirée, il y a deux groupes. D'un côté, Mika, Ari et moi. De l'autre, leur mère et papa. Nous sommes polis, serviables, gentils. Maladroits, dans nos tentatives de rapprochement et de paix. Je vois bien que mon père se sent jugé par les garçons. Mathilde, quant à elle, ne sait pas comment leur témoigner son amour sans ignorer mon père – et vice versa. Lui et moi, nous continuons à marcher sur des œufs, de peur de briser un lien qui peine à se reconstruire.

– Je suis passé devant l'atelier de Chloé, lance mon père, entre deux gorgées de cidre. Ses derniers tableaux sont magnifiques. Je ne sais pas si tu as eu l'occasion d'y al...

Des hurlements résonnent dans le soleil couchant, l'interrompant aussitôt. À ces mélopées mystérieuses répond un chant grave, profond et proche.

Celui de Dreamer, qui a entendu l'appel de sa meute.

Ari, Mika et moi échangeons un regard.

– Ils sont juste à côté d'ici, souffle Mathilde, avec un regard inquiet en direction des hauteurs, où paissent les troupeaux.

– Il y a du monde, là-haut, ne t'en fais pas, tente Mika.

– Et si ça ne suffit pas ? J'ai regardé l'interview d'un couple, ce matin, qui pleurait devant les cadavres de leurs brebis ! Ils en ont perdu quinze ! Quinze en une nuit ! Vous vous rendez compte ?

– Et ils les élevaient pour cueillir des pâquerettes ? coupe Ari, qui rougit déjà de colère.

Mathilde pince les lèvres.

– Nous avons déjà eu cette discussion cent fois. Ce n'est pas parce que nous mangeons leur viande que nous n'aimons pas nos bêtes !

– C'est sûr que les agneaux adorent l'abattoir…

Crispations, tensions, le ton est monté, en quelques secondes à peine. Mika et moi, on échange un regard. Vite ! Agir avant que la soirée ne dégénère !

Nouveaux chants, dans le crépuscule.

– Les tueries incontrôlées sont le fait de loups, jeunes ou isolés, intervient mon ami de son ton calme et posé.

– Des loups dont la meute a été décimée, dis-je d'un ton calme.

– Et, quoi qu'en disent les autorités, leur politique ne sert à rien, enchaîne Mika. Entre les épisodes de sécheresse, les aides qui diminuent et la pression économique, la situation des éleveurs ne s'arrange pas. Ce n'est pas à toi que je vais l'apprendre, maman. Avec ça, les troupeaux ne sont pas mieux protégés et les loups, qui sont une espèce en danger, servent de bouc émissaire à tout le monde…

– Vous avez vu naître les agneaux ce printemps. Ari, tu as même passé des semaines à t'occuper de Crevette pour être sûr qu'elle survive et s'intègre au troupeau. Imagine, si tu la découvrais égorgée…

Ari fronce les sourcils, prend le temps de digérer les paroles de sa mère avant de répondre.

– Tu te souviens de ce qui s'est passé, avec Musta ? Musta était notre chat, ajoute-t-il à mon attention. Il est mort un an avant notre retour de Finlande. Quand on l'a adopté, on avait commencé à nourrir de petits animaux, dans le jardin.

Des mésanges noires, notamment. Musta les a dévorées. Il a aussi tué un lapereau qu'on espérait apprivoiser. C'est moi qui l'ai découvert. Avec Mika, on a voulu le punir. Tu nous en as empêchés. Tu te rappelles pas ce que tu nous as dit, maman?

Mathilde baisse la tête, se mord la lèvre inférieure, gênée.

– Tu nous as dit qu'il ne fallait pas être fâché contre lui, reprend Mika. Tu nous as dit qu'on ne pouvait pas lui en vouloir d'avoir agi en chat, que c'était dans sa nature de chasser et qu'il serait injuste de le punir pour ça.

– Tu nous as dit, termine Ari, que la meilleure solution pour éviter que cela se reproduise était de protéger la faune du jardin en lui mettant une clochette autour du cou.

Mathilde soupire, ébranlée. Mon père lui tend un verre de cidre, le visage soucieux.

– Ce n'est pas seulement la question des troupeaux, reprend-elle après s'être tue un moment. C'est aussi qu'on a reçu un ultimatum de la Région, cet après-midi: jusqu'à présent, les subventions accordées au village étaient suspendues pour examen. On a appris cet après-midi qu'ils envisageaient de les réorienter vers des associations de chasseurs...

Ari, Mika et moi, on échange un regard consterné.

– Et du coup, vous allez faire quoi?

– On sait pas, ma puce. C'est une décision qu'on devra prendre tous ensemble, et plus tôt que prévu...

# -13-

Ce ne sont plus seulement Dreamer et sa meute qui sont menacés. C'est le village entier. Dans ses convictions. Dans son intégrité. Selon Mika, c'est une chance: même si la présence des loups divise les Lunaires, la réserve, ouverte à la vie sauvage, est un des projets fondateurs de la collectivité. S'ils cèdent aux pressions politiques, ils ouvrent la porte à d'autres exceptions: surpopulation, maladies potentielles – n'importe quel prétexte conviendra. Car la vérité, c'est que ce projet dérange depuis le début une minorité bien implantée dans la région, qui n'a jamais vu d'un bon œil la transformation du village et de sa vallée.

Mika pense qu'on peut convaincre les Lunaires de résister aux menaces à condition de présenter correctement nos arguments. Il nous a d'ailleurs enfin envoyé par texto la liste qu'on avait commencé à établir.

Moi, je suis moins optimiste. J'ai noté les regards échangés entre Mathilde et mon père pendant qu'on discutait de cela hier. Et j'en ai brièvement parlé avec lui, ce matin, au petit déjeuner : au-delà de la question des loups, il y a celle de la survie du village et de ses habitants. Selon lui, l'autonomie a ses limites : celles des taxes à payer, des factures et des impôts.

Je ne connais pas les habitants de Saint-Lunaire. Je crains cependant qu'ils tiennent le même discours que lui. Je n'ai rien dit de mes inquiétudes aux jumeaux. Malgré le réseau moisi, une action sur Internet pourrait faire bouger les lignes mais je ne sais comment l'initier. Sauver la réserve de Saint-Lunaire, cela suffirait-il à rameuter les foules ? À moins d'évoquer la meute ? Publier des photos ? J'avoue que j'hésite à impliquer Dreamer. Ce serait le meilleur moyen d'attirer l'attention de la préfecture, des gendarmes et des braconniers.

J'ai peur qu'on soit coincés.

Dreamer perçoit mon anxiété. Il m'observe, attentif, inquiet aussi. Ses yeux d'ambre sont fixes. J'ai l'impression qu'il est aux aguets, prêt à bondir tous crocs dehors au moindre danger.

En acceptant de l'accueillir ici, je me suis engagée à l'aider.

Je me suis engagée à aider sa famille.

Sauf que j'ai de plus en plus de mal à imaginer comment. Eux, je les sens soudés, du moins tant qu'ils vivent et se déplacent ensemble. Cohérents, d'une certaine façon. Et loyaux. Nous, c'est tellement différent. Je ne sais pas si je peux faire confiance à mon père. Les jumeaux gèrent chacun à leur façon un déracinement qu'ils ont vécu comme une trahison. Même Mika. Je le vois à son comportement trop lisse et trop parfait. Il se protège tant bien que mal de ce qu'il a vécu. Quant à Mathilde, c'est une énigme pour moi. Peut-être parce que je ne comprends pas bien pourquoi elle est passée d'un job de rédactrice au pays du père Noël à celui d'éleveuse perdue au fin fond de nulle part. Je veux dire, ce n'est plus un grand écart, là. C'est complètement dingue. Tout ce dont je suis sûre à son propos, c'est qu'elle adore mon père autant qu'il l'adore. Au moins, ça leur fait un truc solide auquel se raccrocher. Le problème, c'est tout le reste. Et dans tout le reste, il y a nous trois, le village et les loups. Comme si tous, à notre échelle, nous étions des menaces pour la bulle fragile qu'ils se sont créée. Alors, mon père se replie derrière le bouclier de la non-implication et Mathilde se focalise sur les loups pour éviter de se confronter aux jumeaux et de regarder en face les conséquences de ses choix sur eux.

Dreamer s'agite, mal à l'aise. J'essaie d'apaiser le chaos de mon esprit. C'est compliqué. Alors, je prends mon doudou appareil photo et je sors sur la véranda. Ce matin, le soleil est pâle, et d'immenses nappes de brume voilent le sommet des montagnes.

Un chien aboie.

Des coups de feu résonnent dans le lointain.

Ils proviennent de la vallée des Trois Clochers. Mon cœur se serre à l'idée qu'ils pourraient venir jusqu'ici. Dans le creux de ma paume, une truffe humide. Une onde rassurante me traverse. Le poids qui pèse sur mon cœur s'allège – un petit peu.

Je m'assieds sur les marches de bois. Je pose l'appareil à côté de moi. Coup de langue sur ma joue. Je souris. Je profite du moment présent, de la magie improbable du lien que nous partageons. Par sa seule présence, Dreamer efface mes idées noires. Mieux, il me permet de me reconnecter à une partie de moi-même que j'avais presque oubliée, même si mon tatouage est censé me la rappeler. Le dessin qui orne mon poignet est inspiré d'une des feuilles de Lórien, que la reine Galadriel offre à Frodon et ses amis, dans *Le Seigneur des anneaux*. Elle symbolise la lumière, même quand tout espoir semble avoir disparu.

Il y a une Clara qui n'est ni défaitiste ni blasée, capable de voir la beauté autour d'elle, capable de croire en ses rêves et de prendre le risque de les rendre possibles.

Dreamer serait-il venu jusqu'à moi, sinon ? Il a réveillé en moi l'envie de vivre et de partager, d'avoir confiance en l'autre et surtout d'avoir foi en moi.

Il est temps de me débarrasser une bonne fois pour toutes de ma peau de guerrière urbaine et suspicieuse, je crois. Alors, je prends mon portable et j'envoie un SMS à Ari.

Si tu veux rencontrer Dreamer,
c'est OK. On t'attend.

*

La porte du jardin grince et se referme avec un bruit sourd. Dreamer dresse les oreilles, en alerte, tendu, prêt à la fuite comme à l'attaque. Plus que jamais, je ressens sa nature sauvage, son imprévisibilité. Malgré mon appréhension, je pose la main sur son garrot. Je lui ai parlé d'Ari. Je lui ai chuchoté qu'il s'agissait d'un ami. Je ne sais pas s'il a compris. Je le souhaite, car pour rien au monde je ne voudrais qu'il se sente trahi.

Ça y est.

Sa silhouette longiligne se dessine sur le chemin. Une ombre dans le soleil d'abord. Puis il apparaît, face à nous. S'immobilise. Retient son souffle. À côté de moi, Dreamer se lèche les babines. Me lance un coup d'œil inquiet. Il ressent tout. Mes doutes. Mes craintes. Ma sérénité, aussi. Sans le regarder, sans regarder Ari, je me concentre sur la feuille d'arbre elfique et ce qu'elle représente. Je me concentre sur la lumière et la paix. Jusqu'à ce que je me détende, moi. Jusqu'à ce que je discerne les premiers signes d'apaisement chez lui.

Alors, seulement, je lève la tête vers Ari.

– Hello ! dis-je dans un murmure.

Il effectue quelques pas vers nous. S'arrête, dès qu'il perçoit l'inquiétude de Dreamer. Tombe, à genoux. Et de grosses larmes roulent sur ses joues.

– C'est... C'est incroyable... Toi, lui... On dirait...

Il balbutie, la gorge nouée par l'émotion.

– J'ai du mal à réaliser, moi aussi. Et pourtant, il est ici. Il a choisi de me faire confiance. De *nous* faire confiance, j'ajoute. À nous de nous en montrer dignes...

Je m'interromps, avec l'impression ridicule de m'exprimer comme un général avant une bataille rangée. Ari ne note pas ma gêne. Fasciné par Dreamer, il oscille comme un gamin entre rire et pleurs. Mon compagnon se dresse sur ses pattes. Descend tranquillement les marches de bois teint. S'engage sur le sentier menant à Ari. L'accueille à la manière d'un loup. En léchant son visage et sa bouche pour échanger goût, odeurs et l'identifier. Ari se laisse faire sans bouger. A-t-il peur ? Je ne crois pas. S'il n'ose pas respirer, c'est de crainte d'être arraché brutalement à un rêve éveillé. Avec précaution, je les photographie dans la lumière grise de cette fin de matinée, saisissant l'émerveillement sur le visage d'Ari, et l'assurance tranquille avec laquelle Dreamer fait connaissance avec lui.

Soudain, j'ai une révélation.

Ce sont ces images, ces instants exprimant le lien entre un humain et un loup, qui pourront faire basculer du bon côté de la balance Mathilde, mon père et les autres Lunaires, ceux que je n'ai pas rencontrés. Alors, je continue : je joue avec les ombres et les lumières pour accentuer la magie de leur rencontre, j'utilise le zoom pour capturer l'éclat d'un sourire, d'un iris ambré pétillant de spontanéité.

C'est Dreamer qui met fin à ces moments de grâce. Un son inaudible pour nous, une odeur peut-être, retient son attention. Il s'immobilise, courbe imperceptiblement le dos et disparaît avec la discrétion d'une ombre dans son refuge, derrière mon studio.

Ari contemple fixement le vide, comme sonné.

Je m'approche de lui. Je pose la main sur son épaule. Il sursaute, cligne des paupières.

– C'était... réel ?

– Oui. Ari, j'ai eu une idée. Je crois que je sais exactement comment convaincre les gens de protéger la meute et la réserve. Pour ça, il me faudrait une imprimante de très bonne qualité et des cadres. Tu sais où on pourrait en trouver ?

# -14-

Sur un nuage, Ari m'entraîne vers l'*Atelier de Chloé*, situé derrière Notre-Dame-de-l'Espérance. Chloé, m'explique-t-il en chemin, est la seule personne qui comprenne vraiment pourquoi il a l'impression d'étouffer ici. C'est aussi la seule à pouvoir lui mettre le nez dans ses contradictions et sa mauvaise foi sans qu'il se rebiffe et parte en claquant la porte.

En vitrine, quelques toiles représentant des fleurs, à la fois naïves et incroyablement vivantes. À l'intérieur, d'autres tableaux, quelques gravures, semblables à des empreintes d'animaux ou de l'écorce. Sur des présentoirs, de petites sculptures de terre aux formes animales – un renard, un lynx, des oiseaux. Il y a aussi quelques objets et des boucles d'oreilles. Je reconnais les objets et les œuvres qui m'avaient attirée lorsque je suis allée au marché avec papa.

Chloé, peau noire, tresses multicolores, est âgée d'une trentaine d'années. Son tee-shirt et son jean sont tachés de couleurs.

Elle nous accueille avec un sourire et nous propose *illico* un expresso.

– J'adore David et Mathilde, me dit-elle. Ce que j'aime moins, c'est leur obsession pour la chicorée. Comme je t'ai vue acheter un paquet de café à l'épicerie, j'en ai déduit que tu étais en manque.

– Un peu, je réponds, gênée de ne pas l'avoir remarquée ni saluée l'autre jour.

Je me suis décidément mal comportée depuis mon arrivée ici. Chloé s'en fiche, ou ne m'en tient pas rigueur.

– Alors, qu'est-ce qui vous amène? demande-t-elle en frottant ses mains sur son pantalon.

– Est-ce que tu nous prêterais des cadres? Pas besoin qu'ils soient neufs. Juste...

– Bien sûr! Quelles dimensions? Et pourquoi? Tu dessines? dit-elle en me tendant une tasse fumante.

– Non, je fais de la photo.

– Super! Si tu as besoin d'un endroit où les développer, j'ai une pièce aveugle qui me sert de débarras, juste derrière. Il suffirait de l'aménager un peu...

– Je travaille en numérique, en fait.

– Dommage! Ça m'aurait bien plu de partager mon espace avec quelqu'un!

– Je m'y mettrai peut-être, qui sait? je réponds, touchée par sa gentillesse. Pour les dimensions, je ne sais pas trop. J'ai participé à une expo quand j'habitais Paris. Un événement collectif pour sensibiliser les gens à la détresse des réfugiés. C'étaient des portraits A4. Je suppose que ça pourrait le faire aussi pour cette fois...

– Ça dépend de tes sujets. Visages, natures mortes, paysages, art abstrait… Ça dépend aussi de l'effet que tu recherches. Comment souhaites-tu que tes œuvres soient vues ?

– Je ne sais pas trop. C'est une série sur les liens entre différentes espèces…

– Tu me montres ? interroge Chloé, désignant du menton mon appareil photo.

Bouffée de panique soudaine. J'interroge Ari du regard. Mon ami hésite une seconde, à peine, avant de hocher la tête en signe d'assentiment.

– Tu peux lui faire confiance, ajoute-t-il. Elle est avec nous.

– Avec vous ? répète la jeune femme. C'est-à-dire ?

En réponse, Ari désigne les traces de pattes gravées sur plusieurs de ses œuvres. Chloé plisse les yeux, croise les bras et attend.

– Et puis, elle est végétarienne, comme toi.

– Accouche, Ari. Tu sais que j'ai horreur qu'on tourne autour du pot.

– On a besoin de ton aide pour sauver la meute qui s'est installée près de Saint-Lunaire.

Sans lui laisser le temps de réagir, j'allume mon appareil, je pousse le bouton lecture et le lui tends. Elle le prend sans un mot, fait défiler les clichés, ébahie, émue, bouleversée enfin, avant de me le rendre, les yeux mouillés de larmes.

– C'est hallucinant, souffle-t-elle. Ce loup, tu l'as recueilli il y a combien de temps ?

– Ce n'est pas moi qui l'ai recueilli, la corrige mon ami.

– En fait, Dreamer s'est incrusté chez moi. Pas chez mon père, mais dans le studio que j'occupe au fond du jardin. Il est arrivé il y a quelques jours. Il m'a demandé de l'aide. Même si ça paraît dingue de dire ça...

– Et vous pensez sincèrement qu'une exposition suffira à rallier tout le monde de notre côté?

Elle a dit « notre ». Je l'aime déjà.

– Ce serait un bon début, non? lance Ari, que je n'avais jamais vu aussi détendu en présence d'un adulte de plus de vingt ans.

– Je suis pas sûre que ça suffise à convaincre ta mère et les autres. Tu sais, depuis l'arrivée de cette meute, les gens commencent à flipper. Avant, c'était virtuel. C'était les loups des autres vallées. Avec celle-ci, ça devient réel. Et puis...

– Il n'y aura pas que ça, coupe Ari. Mika planche sur un argumentaire depuis plusieurs jours. Et moi, j'ai écrit à l'ASPEF pour leur demander conseil.

– ASPEF?

– L'une des associations françaises qui militent pour la préservation et la protection des grands prédateurs. Et de tous les autres, au passage.

– OK. Ils t'ont répondu quoi?

– Quelqu'un doit me contacter, mais je n'ai pas encore reçu de message.

– Et il ne t'est pas venu à l'esprit de les relancer? Voire de leur téléphoner?

Ari baisse la tête, penaud. Chloé lève les yeux au ciel.

– Tu sais ce qui te reste à faire, alors ! Je suis sérieuse, insiste-t-elle en fronçant les sourcils. J'aime cette forêt, moi aussi. Cette réserve, où les espèces autres qu'humaines ont le droit de vivre en paix. Depuis qu'on sait que les aides à la commune n'ont pas été renouvelées, c'est un peu la panique : les gens ont la trouille, se demandent comment ils vont tenir. Ajoutez à ça les menaces qui pèsent sur les troupeaux, car il ne faut quand même pas minimiser le danger potentiel qu'une meute représente, vous imaginez bien que je commençais à voir l'avenir de notre rêve en gris. J'avais même peur d'être la seule à voter contre les battues, samedi. Grâce à vous trois, on a une chance de sauver la situation. Même si ça ne permet pas de renflouer les caisses de la communauté…

– Je ne comprends pas, j'interviens. Vous n'avez pas une monnaie locale ?

– Si. Et elle nous permet de ne pas sombrer, explique Chloé. Le souci, c'est qu'elle ne paie pas les dettes qu'on devait rembourser sur plusieurs années et dont on nous réclame le solde là-maintenant-tout-de-suite. En attendant, on a du boulot ! Toi, tu prends ton portable et tu appelles l'ASPEF. Et nous deux, on fait en sorte que ton expo déchire tout ! Au fait, tu veux l'accrocher où ?

Ari et moi, on échange un regard.

– On avait pensé à Notre-Dame, murmure-t-il.

– Parfait !

Une heure plus tard, Chloé et moi sommes plongées dans l'examen de mes clichés, discutant des ajustements complexes de luminosité et de contraste, de la pertinence de certains recadrages. Ari a laissé plusieurs messages téléphoniques au standard de l'association avant de rejoindre son jumeau dans les prés. Il a promis de réessayer.

L'après-midi est bien entamée lorsque nous terminons l'impression du dernier cliché sur le petit bijou technologique de l'artiste. J'ai avalé trop de café. Trop de biscuits pimentés. Mes yeux sont explosés à force d'avoir scruté l'écran et surtout, je me sens légère, à ma place et respectée. Je veux dire, vraiment respectée. En tant que personne et en tant qu'artiste. C'est assez rare pour être souligné.

Quand je quitte Chloé, je suis ravie du résultat. Reste à les encadrer et les accrocher.

On s'en occupera ce soir, avec les garçons.

*

La nuit tombe doucement. La lune brille dans le ciel encore éclaboussé de rouge et d'or. D'ici quelques heures, je rejoindrai mes amis à l'intérieur de l'église en chantier pour accrocher les dix portraits de Dreamer et d'Ari. Plus deux. L'un, du loup, seul sur fond de rosiers au crépuscule. L'autre, d'Ari, le jour où je l'ai surpris avec son carnet de notes dans la forêt.

Avec Chloé, on s'est dit que cela ouvrirait et fermerait parfaitement la série.

Dreamer, allongé non loin de moi, ronge avec application un os énorme chipé dans la chambre froide de la coopérative. De la chair y est encore accrochée. J'ignore de mon mieux les bruits de mastication et le rouge sur ses babines. Je me plonge dans mon roman de *fantasy* en attendant que mon père revienne du chantier.

Mon téléphone vibre.

C'est Ari.

J'ai recontacté l'ASPEF.
Une spécialiste débarque
DEMAIN dans la journée !!!

Il a l'air paniqué, Ari. Moi, je trouve ça plutôt bien. Tant qu'elle n'essaie pas de pourrir ma relation avec Dreamer, bien sûr. Je suis peut-être moins méfiante qu'avant, je préfère quand même rester prudente. On ne sait jamais.

Le chant des loups magnifique, émouvant, m'arrache à mes idées sombres.

Interrompant son repas, Dreamer se lève, avance jusqu'au seuil et mêle sa voix aux leurs.

L'espace d'un instant, j'hésite à les rejoindre dans ce chœur poignant.

Je me retiens, de peur de briser l'harmonie de l'instant.

Nous sommes loyaux.

*Nous sommes arrivés à proximité du territoire des hommes. Là où notre frère nous a précédés et guidés. Nous avons senti l'odeur âcre des moutons et de leurs gardiens humains.*

*Nous avons entendu la voix d'un chien. Nous ne savons pas encore s'il nous fuira ou s'il nous attaquera, s'il voudra jouer ou mordre. Certains s'agitent, d'autres sont silencieux. Certains protègent, d'autres sont perdus. Les chiens sont ainsi. Et ainsi va la vie.*

*Notre frère est encore loin de nous et notre éclaireuse souffre encore de sa blessure. Chaque foulée est douloureuse pour elle. Nous le savons. Alors, nous explorons notre nouveau domaine vital avec lenteur.*

*Nous restons ensemble. Nous sommes une famille. Nous n'abandonnons personne en chemin.*

*Nous découvrons les ruines d'une habitation humaine, dissimulée par des ronces, des orties et des fougères. Des murs de pierre. Une cavité assez haute pour nous permettre d'y pénétrer sans ramper. Des restes de bois, de métal. Dans un coin, des tissus, une peau ayant la même odeur âcre que celle des moutons.*

*C'est un bon endroit. Un endroit inhabité, oublié depuis longtemps.*

*Nous y serons en sécurité le temps que notre éclaireuse se repose et que notre frère nous rejoigne enfin.*

*Tout à l'heure, nous l'appellerons de nos chants.*

## -15-

Je pensais qu'on serait quatre, cette nuit. Chloé, les jumeaux et moi. En fait, on est sept. Mika a vendu la mèche ; du coup, Jess, la petite brune sur laquelle il a craqué, sa copine Emma et Nono, un garçon à la peau écrevisse avec une pomme d'Adam proéminente, ont décidé de se joindre à nous, d'apporter leurs bras, leur enthousiasme ainsi qu'à boire et à manger.

Tous trois sont à fond pour les loups, *dixit* Emma qui a visiblement un gros *crush* pour Ari. J'ai dû répondre à leurs questions : comment j'ai rencontré Dreamer, est-ce que je l'ai apprivoisé, est-ce que j'en ai eu peur, est-ce qu'il se laisse caresser, à mon avis est-ce qu'il est vraiment sauvage, est-ce qu'il risque de s'en prendre aux moutons, et sa meute, est-ce qu'on peut le voir en vrai ? De vrais gamins, pourtant Nono a un an de plus que moi et les filles ont l'âge des jumeaux. À toutes leurs questions, j'ai répondu de mon mieux – avec un « non » très ferme concernant la dernière qu'ils ont posée.

Dreamer n'est pas un animal de zoo.

Il me fait confiance pour le protéger.

Je ne le trahirai pas.

Je les ai sentis déçus. Je les comprends : moi aussi, je l'aurais été à leur place. Je reste ferme cependant. Ari a été l'exception. Même la spécialiste envoyée par l'ASPEF ne le rencontrera pas. Sauf si c'est la condition *sine qua non* pour qu'elle nous aide. Et de toute façon, pas avant que j'aie vérifié qu'il n'y a pas de coup tordu derrière sa venue.

Il est deux heures du matin quand l'accrochage est terminé.

On se pose : un cercle naturel se forme au centre de la nef.

Chloé et moi, on est assises côte à côte. Naturellement, on partage une canette de bière locale. Ari a pris soin de laisser Nono s'installer entre Emma et lui. Aux regards échangés entre Jess et Mika, je devine que l'attirance est mutuelle. Tant mieux. Je suis contente pour lui. Une copine, même le temps d'un été, lui permettra de se libérer un peu de son carcan trop sérieux.

– Nous, on est là jusqu'à la rentrée, lance Emma, grignotant des cacahuètes soufflées achetées au supermarché du camping. Les loups, on se battra pour eux. Quant aux chèvres et aux brebis, on se relaiera pour les surveiller jusqu'à ce qu'on parte.

– C'est dommage que le réseau soit pourri, dans le coin, remarque Nono. On aurait carrément pu faire le buzz sur les réseaux. Je suis sûr et certain que ça deviendrait viral. Vous savez, d'un côté Clara et son loup comme cette Américaine qui poste plein de vidéos de sa renarde apprivoisée et de ses copains, et de l'autre notre quotidien auprès des troupeaux, ce genre de trucs. Je suis sûr que ça marcherait super bien !

– Ce serait le meilleur moyen d'attirer l'attention des autorités, coupe Chloé. Et de condamner à moyen terme le loup de Clara.

Je me retiens de leur expliquer que Dreamer n'est pas *mon* loup. C'est juste un mot qu'ils emploient. Leurs intentions sont bonnes, alors…

– Vous dites ça, mais ces photos sont pas très discrètes ! proteste le garçon.

– Le chantier n'est pas ouvert au public. Seuls les Lunaires qui travaillent à réhabiliter l'église les verront, comme ceux qui assisteront à la réunion extraordinaire que nous organiserons demain soir avec l'experte de l'ASPEF, explique Chloé.

Ari, Mika et moi, on la dévisage, les yeux ronds.

– Je viens d'avoir l'idée, déclare-t-elle avec un grand sourire. D'ailleurs, les jeunes, je vais vous abandonner. J'ai du sommeil en retard et des préparatifs qui m'attendent demain. Mika, rendez-vous à l'atelier à dix heures. Promis, je te ferai un café. Ari, dès que l'envoyée de l'ASPEF est là, tu rappliques. OK ?

– OK, répondent les jumeaux, abasourdis.

– Et moi ? je demande.

Chloé fronce les sourcils.

– Mieux vaut que tu restes chez toi pour veiller à la tranquillité de Dreamer. Tu pourrais éventuellement préparer un petit texte racontant votre rencontre, cela dit. Je l'afficherai dans la journée à côté du portrait que tu as fait de lui.

– Nous, décide Jess, on continuera à surveiller les chèvres et les moutons.

Je me lève en même temps que Chloé. Ensemble, nous quittons Notre-Dame. Dehors, la nuit est claire et des étoiles scintillent dans le ciel.

– Merci, me dit-elle au moment de me dire au revoir.

– Ben… pourquoi ? Ce serait plutôt à moi de te remercier, non ?

– Tu as rendu le sourire à Ari, répond-elle simplement.

Je rentre chez moi, songeuse. La maison est plongée dans l'obscurité. Mon père dort chez Mathilde, je crois. Le clair de lune fait briller les graviers du chemin menant à mon studio. L'espace d'un instant, deux prunelles brillantes se réfléchissent dans sa pâle lumière. Puis la silhouette de Dreamer se découpe dans l'obscurité. Il y a une gravité nouvelle en lui. Une gravité qui me serre la gorge. Je suis heureuse et émerveillée de le voir, comme chaque fois. Pourtant, j'ai envie de pleurer. Alors, je me contente de savourer le moment présent, sa proximité, son incroyable gentillesse.

On reste un long moment ainsi. Côte à côte. Fourrure contre peau.

On contemple les étoiles. On écoute les bruits : le hululement de la chouette, le frémissement des branches, les piaillements sourds de petits rongeurs. Soudain, des aboiements résonnent dans la vallée. Des cris humains, également. Je jette un coup d'œil à mon ami. Il est tendu. Ses poils sont hérissés. Je partage son anxiété. Je crains le pire : l'attaque d'un troupeau, la panique, les décisions brutales.

Il y a d'autres aboiements. Puis, plus rien. La nuit s'apaise. Lentement, le silence reprend ses droits. Je frissonne, me lève lentement et pénètre dans ma tanière. J'allume la lampe de chevet. Je fais chauffer de l'eau dans la bouilloire. Il est trop tard pour un café. Je devrais être raisonnable et me contenter d'une infusion. Je n'en ai aucune envie. Alors, je me prépare du café ainsi que des gâteaux à la noix de coco que je recouvre de pâte à tartiner.

À l'extérieur, un loup hurle. Une note longue, claire qui se fond rapidement dans le chœur de la meute. Dreamer se joint à eux. Sa voix est grave, émouvante. Leur chant dure un long moment, avant de s'estomper.

Dreamer reste encore un peu dehors. Il me rejoint quand je me verse une deuxième tasse de café. De nouveau, il me lance un regard empreint de gravité. De nouveau, je retiens mes larmes. Je renifle, je souris et sors du frigo une carcasse. Un poulet, avec des pattes et un cou – mais pas de tête, heureusement. Il y a des limites à ce que je peux supporter.

Il en croque un morceau. Pose une patte sur la viande, tire sur la chair élastique avec un grognement de plaisir.

Je l'observe quelques minutes, puis je me détourne, tant par politesse que parce que, ce soir, je me sens particulièrement à fleur de peau, sensible à tout ce qui se dégage de lui. Je prends mon roman de *fantasy*. L'écriture est belle, poétique. Les personnages se dévoilent lentement. Se dégage du récit une impression de tristesse, de nostalgie qui fait écho à mon humeur. Au bout d'un moment, malgré mon trop-plein de caféine et de sucre, je dodeline de la tête. Mes paupières sont lourdes. J'ai juste le temps de poser mon livre et d'ôter mes chaussures. Je bascule dans le sommeil.

*

*Je suis dans la clairière enneigée. Autour de moi, la meute entière. Une famille, avec les parents, la fratrie, les derniers-nés, encore très jeunes, avec des pattes disproportionnées et un museau effronté. Et puis, Dreamer, bien sûr, qui reste à mes côtés pendant que les autres s'approchent, me reniflent, m'accueillent. Pas comme un membre de la famille. Plutôt comme une amie. Je m'assois au milieu d'eux. Petit Chaperon bleu, je n'ai plus peur. Je suis apaisée. Et je regarde les flocons tomber…*

La sonnerie de mon téléphone m'arrache à mon rêve. L'icône de Mika s'affiche sur l'écran.

– On a un souci, m'annonce-t-il d'un ton grave.

– Quoi ?

– Il y a eu une attaque, cette nuit. Il y a eu au moins une brebis tuée.

– Oh non...

– J'en sais pas plus pour le moment. Je me rends sur place. Je te tiens au courant.

# -16-

Je m'assieds sur mon lit avec l'impression d'avoir un poids énorme sur le cœur. Limite, l'envie de vomir. Je consulte le cadran métallique accroché au mur. Il n'est pas encore huit heures. Je me frotte le visage, me dirige avec la lenteur d'un zombie vers la bouilloire. Le café, c'est la vie.

Je cherche Dreamer des yeux. Pas là. Je pousse la porte du studio. Pas non plus sur la véranda. Je me traîne jusqu'à la salle de bains. J'ouvre la fenêtre. Allongé dans l'herbe, il dévore à belles dents la dépouille d'un gros lapin.

Il y a du sang sur son museau, des morceaux de je ne sais quoi éparpillés autour de lui. Je recule, fronçant le nez. La scène n'est pas plaisante mais c'est positif.

Si Dreamer chasse, c'est qu'il va beaucoup mieux.

Et ce n'est pas lui qui est responsable de la tuerie de cette nuit.

Un peu rassérénée, je prends une douche. Je me frictionne rapidement le visage et le corps avec un savon au miel. Une fois propre et sèche, j'enfile une brassière, un grand tee-shirt, mon jean et j'avale un mug entier du breuvage noir et amer.

Ensuite, je laisse comme d'habitude viande et eau fraîche à disposition pour Dreamer, et me dirige vers la maison. J'ai besoin de fruits et de pain frais pour survivre à la journée qui m'attend. Je mange en silence. Comme le premier matin, le piano me fait de l'œil. Je profite de l'absence de mon père pour m'y installer. Je feuillette les partitions. Je découvre celle de *On ne dit jamais assez qu'on les aime aux gens qu'on aime*, de Louis Chedid. Je déchiffre rapidement les notes. Je commence à jouer, à fredonner :

*On ne dit jamais assez aux gens qu'on aime*
*Par peur de les gêner, qu'on les aime*
*On ne leur dit jamais assez...*

Je me demande s'il y a un message pour moi – après tout, cette chanson, je ne l'ai pas vue quand je me suis assise face au clavier, la dernière fois.

Et puis, la porte s'ouvre, se ferme brutalement : mon père fait irruption dans la salle à manger.

– Clara, tu peux m'expliquer les photos exposées à l'Espérance ? Et juste après l'attaque de cette nuit ! Et cette réunion à laquelle nous invite Chloé pour discuter du respect de nos valeurs ? Tu as fait ça... en cachette... sans me prévenir...

Il est bouleversé, furieux, assommé par tout ce que signifie l'expo sauvage dans l'ancien édifice religieux. Je prends conscience qu'il se sent trahi d'avoir été mis à l'écart. À sa place, je me serai sentie blessée, moi aussi.

Durant un bref moment, je m'en veux d'avoir fait ça dans son dos.

Mais comment aurait-il réagi, si je lui avais parlé de Dreamer et de nos intentions ? Mal, probablement. Ou comme d'habitude, sans s'impliquer...

Et si je prenais le temps de lui expliquer tout cela ? Mes craintes vis-à-vis de ses réactions ? Mon amitié pour le loup ? Après tout, je ne risque pas grand-chose. Quant à Dreamer et sa meute, leur situation ne pourrait pas être pire, de toute façon.

– Un loup blessé s'est invité chez nous, trois nuits après mon arrivée. Il s'est réfugié sur ma véranda, puis s'est carrément incrusté à l'intérieur du studio. Malgré ma peur, je l'ai nourri, je lui ai donné à boire, alors il est resté...

Mon père ouvre la bouche, la referme, me contemple avec hébétude, comme s'il s'était pris un coup de massue sur la tête. J'ai peut-être été trop directe ?

– Il s'appelle Dreamer. Il appartient à la meute qui vient de s'installer près de Saint-Lunaire. Et je ne t'ai rien dit parce que j'avais peur de ta réaction et que je n'avais pas envie de me battre avec toi. J'ai assez donné, avec Olivier et maman.

– Qu'est-ce qui te fait croire qu'on se serait battus ? murmure-t-il d'un ton las.

– Tes sentiments pour Mathilde, ta position vis-à-vis des pressions préfectorales et des tirs des louvetiers... Avec les jumeaux, je reprends, on a décidé de bouger. Ari a contacté l'association ASPEF, qui s'occupe de la protection des grands prédateurs et de leur cohabitation avec les humains. Mika a géré la protection des troupeaux de la coopérative en invitant des copains de vacances à se joindre à lui. Moi, j'ai fait des photos et je me suis occupée de Dreamer...

Mon père demeure quelques instants silencieux.

– Une brebis et un agneau ont été égorgés et à moitié dévorés, Clara. L'un des jeunes qui surveillaient les pâturages a réussi à filmer. C'était un loup...

– Dreamer dévore le stock de viande de ton congélateur et celui de Mathilde, en plus de chasser les quelques lapins qui squattent les alentours, je réponds très calmement – car j'ai parfaitement compris le sous-entendu. Ton coupable, ce n'est pas lui. Et ce n'est pas non plus sa meute. C'est plus probablement un jeune solitaire ou le rescapé d'un massacre humain. Ça, Mika et l'experte envoyée par l'ASPEF l'expliqueront mieux que moi, à la réunion. Je comprends ta déception, papa. Mais comprends, de ton côté, que je ne pouvais pas trahir la confiance de mon ami en te révélant sa présence...

Mon père sursaute, se prend ma méfiance en pleine face. Il n'en avait pas pris la mesure, je crois. De mon côté, je ne suis pas sûre non plus d'avoir pris la mesure de mes propos. Gênée, je détourne la tête. Je fixe sa main qui agrippe le dossier du canapé. Léger tremblement. Je le regarde de nouveau : ses yeux sont rouges, brillants de larmes.

D'accord. Je suis allée trop loin. À force de combattre, je ne sais plus vraiment comment on fait pour discuter avec les autres sans sortir un fusil d'assaut. Et je ne m'attendais pas à faire exploser d'une phrase ses barrières émotionnelles. Présenter des excuses ? Non. Je ne regrette pas d'avoir dit la vérité. Les non-dits, ça ne mène à rien si ce n'est à la rancœur et à la colère.

– Je peux te montrer d'autres photos de lui, maintenant. Je peux aussi te le présenter.

C'est la seule façon que je trouve pour lui dire que j'ai pris acte de ce qui vient de se passer et que je suis prête à lui laisser une chance. Il hoche la tête et m'emboîte le pas, sonné. En traversant le jardin, je me rends compte que ma dureté a d'autres causes que ma guerre contre Olivier.

Je suis en colère contre mon père.

J'ai beau connaître ses raisons, je n'arrive pas à lui pardonner. J'ai été seule face à deux adultes – car ce n'était pas avec Violette, la petite fille modèle, trop contente d'être la préférée surtout, que je pouvais espérer un soutien. Je lui en veux terriblement de m'avoir rejetée et abandonnée quand j'avais tant besoin de lui. Je me fous de ses excuses. J'ai eu très mal. J'ai *été* très mal. Et ce genre de blessure, ça ne peut pas se balayer en deux petits déjeuners et une balade au grand air.

Il faudra du temps.

Des mois, des années peut-être.

Je suis prête à essayer.

J'ouvre la porte du studio. Je lui désigne la salle de bains.

– Attends quelques minutes avant d'entrer. Et surtout, ne dis rien.

Je le quitte, je fais le tour de mon chalet et je rejoins Dreamer à sa place préférée. Étendu dans l'herbe, il dresse les oreilles en m'entendant arriver. Je m'agenouille à un mètre de lui. J'attends qu'il m'invite pour l'approcher. À voix basse, je lui explique la présence de mon père, je le rassure comme je peux.

En réponse, il s'étire, bascule contre moi. À son expression, je le devine détendu.

D'un coup de langue, il me communique son calme et sa bienveillance. Je reste un moment avec lui. Mon père nous observe depuis la fenêtre, mais je suis à peine consciente de sa présence. Puis, quand je sens que Dreamer a envie de rester seul, je me relève et gagne l'intérieur du studio.

Papa s'est assis sur le canapé-lit.

Il pleure sans retenue.

Ça me fait bizarre. Ça me touche. Ça me noue la gorge. Ça me picote les yeux. Ça coule sur mes joues, même si j'aurais préféré éviter.

Je renifle. Il me regarde à travers ses larmes.

– On a l'air de deux crétins, non? je murmure.

En réponse, il me sourit.

Un sourire vrai. Lumineux.

Un sourire qui me donne de l'espoir.

# -17-

Mon père et moi, on prend d'un même pas la direction de l'ancienne église. Silencieux. Plus proches cependant que nous ne l'avons jamais été.

Sur le parvis, on retrouve Mika, Jess, Nono, Emma et deux autres dont je connais les visages mais pas les prénoms.

– J'ai vu la vidéo, me lance d'emblée Mika. Il était seul. Il a sauté à la gorge d'une brebis....

– C'est là qu'on a commencé à crier, relate une petite blonde aux joues rebondies, d'un ton encore altéré par l'émotion.

– Summer, notre border collie, l'a coursé. Le loup a paniqué. Il a laissé la brebis en plan. Un agneau a croisé sa route: il l'a emporté dans sa fuite avant de l'abandonner...

– J'ai vu le corps du petit, souffle Jess, qui pâlit à ce souvenir. Il avait une patte à moitié arrachée. Il respirait. Et il y avait tout ce sang...

Elle frissonne. Emma la prend par l'épaule pour la réconforter.

– Tu en penses quoi, Mika ? demande mon père – et je suis scotchée par sa voix posée.

– C'est un rescapé. Le survivant d'une meute décimée…

– Il y a du monde, à l'intérieur ?

– Maman est là, avec Soan. Amandine aussi. Chloé. Étienne et Jim. En gros, on attend Ari et la fille de l'ASPEF pour commencer. Mais c'est la merde. La vidéo circule et les gens sont assez choqués.

À cet instant, son jumeau arrive sur l'esplanade.

Il n'est pas seul. À ses côtés, cinq chèvres, un chien de montagne de la taille d'un poney et une femme portant deux chiots dans les bras. On les regarde approcher, estomaqués.

– Comme le chantier n'est pas terminé, je me suis dit que c'était aussi bien de les amener à l'église, ce sera plus parlant, explique Ari.

– Ça me rassure aussi : je n'aime pas les laisser sans surveillance lorsqu'ils viennent d'arriver dans un nouvel endroit, même si ça se passe bien en général. Rania, ajoute-t-elle, tendant la main à mon père puis à chacun de nous. La réunion n'a pas encore commencé, je présume ?

On échange tous un regard incertain. Emma s'approche d'une chèvre noir et feu. Le grand berger au pelage crème s'interpose. Calme. Déterminé. Rania plisse les yeux, lui tend spontanément l'un des chiots. Un coup de langue plus tard, Emma est aux anges et l'incident diplomatique évité.

– Allons-y, décide Mika.

Nous entrons.

Dans le cloître, une cinquantaine de personnes sont réunies, en cercle, assises sur des chaises ou à même le sol. Je ne pensais pas qu'il y aurait autant de monde, ici. En même temps, je me rends compte que c'est peu. L'écovillage est minuscule, en réalité. Au premier rang, Chloé. À l'opposé, ses cheveux flamboyants réunis en un chignon sage, la maîresse. Je reconnais Soan, Luce, ainsi que le couple qui tient l'épicerie-café de Saint-Lunaire.

Quand nous entrons, le brouhaha des discussions diminue. Peu à peu, un silence étonné se propage dans l'assemblée. Les chèvres, curieuses, tentent de s'aventurer près des gens. Leur gros gardien les en empêche. Déçues, elles se rassemblent dans un coin du jardin et commencent à brouter.

L'attention des Lunaires se détourne d'elles. Se concentre sur Ari, puis sur moi. Dans les regards, je lis de la méfiance et ce ne sont pas mes cheveux bleus qui en sont la cause. Pas ici. Mais ces photos. Et peut-être, pour certains, pour Mathilde et les autres éleveurs en particulier, la sensation d'avoir été trahis. Je discerne aussi des regards bienveillants, admiratifs même. Cela me donne le courage nécessaire pour me lancer. Je raconte notre rencontre, à Dreamer et moi. Je raconte mon désarroi, mon affection pour lui, la façon dont Ari et Mika m'ont soutenue. Ari grommelle un peu avant de relater son expérience avec le loup. Mika enchaîne.

C'est le champion des discours bien construits.

Ici, en dépit de son jeune âge, tout le monde l'écoute et prend ses réflexions en considération.

– Quand on était gamins, en Finlande, termine-t-il, reprenant l'anecdote racontée quelques jours plus tôt lors du dîner, notre chat, Musta, a dévoré des oiseaux et un petit lapin qu'on essayait d'apprivoiser. Ce chat, on n'a jamais su ce qu'il avait vécu avant d'atterrir chez nous. On ne l'a pas frappé ni chassé de la maison : c'était dans sa nature, c'était ce que Musta avait appris à faire pour survivre...

– Un chat et un loup, ça n'a rien à voir ! lance un petit homme rond en fronçant les sourcils. Et il y a déjà eu deux bêtes tuées ! Vous avez vu la vidéo, non ? Sans la présence de ces jeunes et du chien, ça aurait tourné au carnage !

– L'agneau aurait fini à l'abattoir, de toute façon ! riposte Ari, le cou rouge. Et il me semble que les agneaux qu'on suspend par les pieds alors qu'ils sont encore vivants et bien stressés d'avoir senti la terreur de leurs semblables pendant des heures, souffrent plus que ceux qui sont tués par des prédateurs. Alors, vos histoires de carnage, vous...

Je pose la main sur son bras. Ça ne sert à rien de s'énerver. Il comprend mon geste, se calme aussitôt.

– Le loup de cette nuit était un adulte isolé, reprend Mika.

– La vidéo que j'ai reçue sur la route le confirme, intervient Rania, dont le timbre grave et mesuré se veut apaisant. Isolé et estropié, même : je ne sais pas si vous avez remarqué, il boitait au niveau de la patte avant gauche. Il faudrait le capturer pour en être sûr, mais d'après mon expérience et selon ce que j'ai vu, il a dû être séparé de sa meute: soit parce qu'il a été accidenté, soit plus probablement parce que celle-ci a été décimée par les tirs des louvetiers.

– Vous avez vu la violence de l'attaque? Et s'ils s'en prenaient à des enfants? intervient une femme blonde, encore bouleversée par la vidéo.

– De toute façon, que voulez-vous qu'on fasse d'autre? lance Soan. On n'a pas les moyens de protéger nos bêtes et on n'a plus aucune aide...

Amandine lève la main.

– Je propose un tour de parole, dit-elle. Cela évitera le chaos. Que celui ou celle qui souhaite s'exprimer lève la main. Je prendrai en compte chaque demande et chaque voix. Rania, je vous en prie, poursuivez...

– Il existe des solutions. Des solutions efficaces. La surveillance, les clôtures adaptées et les chiens de protection, comme Étoile. Étoile est une chienne qui est née avec les chèvres que vous voyez ici. Et les deux terreurs qui sont dans les bras des deux jeunes gens, là-bas, sourit Rania en désignant Emma et Nono, sont ses petits. Ils grandiront avec un troupeau. Un troupeau qu'ils considéreront comme leur famille et qu'ils protégeront.

Soan lève la main.

– Oui, mais ça demande un sacré budget! Un budget que nous n'avons pas. Nous sommes de petits producteurs. En ce moment, nous n'avons même pas de quoi payer nos factures. Alors, financer le matériel dont vous parlez, sans compter la nourriture des animaux, les frais vétérinaires...

– L'ASPEF propose de l'aide sous différentes formes : du bénévolat pour la surveillance des troupeaux et l'installation de protections efficaces, notamment...

– On peut encourager le *wwoofing** ! intervient Chloé sans lever la main. Pardon, Amandine...

– Ari m'a parlé de vos soucis, continue Rania. Étoile et ses petits sont des patous. Comme les bergers d'Anatolie, les mâtins espagnols et d'autres races de ce type, ce sont de merveilleux gardiens et protecteurs de troupeaux. Étoile et ses chiots font partie d'un tout nouveau programme qui devrait permettre une meilleure cohabitation entre les éleveurs et les prédateurs. On a lancé un financement participatif, il y a deux ans, qui nous a permis de lever des fonds pour former des chiens comme Étoile, à garder chèvres et brebis et éduquer les générations futures. Si vous acceptez notre aide, Étoile et sa famille resteront à Saint-Lunaire le temps que les chiots s'imprègnent de vos bêtes. Ainsi, d'ici deux ans, peut-être un peu moins, vous aurez deux très bons gardiens...

– Quelles sont vos conditions ? demande Mathilde.

---

* Pratique reposant sur l'échange, dans laquelle les hôtes, souvent maraîchers, agriculteurs ou éleveurs proposent le gîte et le couvert en échange d'aide sur le terrain.

– D'abord, ne cédez pas aux sirènes des tirs de loups, ça ne fera qu'empirer la situation ! En famille, les loups chassent les ongulés, les sangliers, et bien d'autres gibiers. Les troupeaux représentent une toute petite part de leurs proies. C'est quand ils sont seuls, quand ils sont contraints de se nourrir sans l'aide des leurs qu'ils deviennent des dangers pour les moutons.

– En plus, la présence d'une meute sur un territoire donné, précise Mika, provoque la fuite des individus isolés.

– Mika a raison, enchaîne Rania. Les familles de loups ont besoin de place...

– Vous nous donneriez les chiens gratuitement ? interroge Luce, sceptique.

– Non : vous signerez une charte dans laquelle vous vous engagerez à participer activement à notre initiative, en rendant possible cette chaîne solidaire que nous avons initiée. Par exemple, en permettant l'éducation de futurs chiens-témoins, des chiens comme Étoile si vous préférez. Oui, cela signifie renoncer à plusieurs de vos bêtes, mais vous y gagnerez, je vous le garantis...

Après ses derniers mots, des discussions s'élèvent de part et d'autre de l'assemblée. La mairesse écoute, attentive et prend des notes. Ari se ronge les ongles. Chloé griffonne sur un carnet. Mon père dévisage Mathilde et ses associés. Puis Amandine. Puis moi. Hésite. Lève une main. La mairesse agite une cloche. Rapidement, les conversations se calment.

Mon père nous rejoint, se tord légèrement les mains avant de se lancer.

– J'ai suivi les discussions, écouté les différents points de vue, déclare-t-il. Avant l'arrivée de Clara, avant le choc salutaire de ce matin, quand j'ai vu ces très belles photos, je m'efforçais de rester neutre sur la question. Parce que la femme que j'aime fait partie des premiers concernés et parce que je ne me sentais pas légitime sur la question. Aujourd'hui, mon point de vue est différent. Nous avons créé cette réserve pour préserver et accueillir la vie. Nous avons un rêve un peu fou peut-être de cohabitation et d'harmonie avec la faune sauvage. La présence de cette meute le met à l'épreuve. Aujourd'hui, on nous propose de l'aide. Allons-nous céder aux pressions politiques et renoncer non seulement à nos idéaux mais aussi à notre dignité ?

– David, je suis d'accord avec toi, murmure Mathilde. Les enfants nous montrent ce qui est juste...

– Et financièrement, comment on tient le coup ? interroge l'homme qui a pris la parole au début de la discussion.

Cette fois, c'est Amandine, la mairesse qui se lève et prend la parole.

– Aux États-Unis, le parc de Yellowstone vit du tourisme que rapporte la présence des grands prédateurs, des loups en particulier. En Allemagne, un petit village sinistré a repris vie grâce à la présence des meutes. D'autres ont suivi son exemple. Pourquoi pas nous ? J'ai pas mal réfléchi à la question, vous vous en doutez, reprend la mairesse avec un sourire. Je n'aime pas qu'on essaie de détruire l'avenir que nous voulons construire pour nos enfants et pour cette région. Nous avons des paysages magnifiques. Nous avons des lynx, même s'ils se cachent bien et maintenant, une meute de loups. C'est grâce au tourisme et à la pédagogie, en sensibilisant les gens à la vie sauvage, que nous nous en sortirons !

*

La proposition d'Amandine a mis fin au débat. Il y a eu encore pas mal d'interrogations, mais la décision de préserver et d'accueillir la meute de Dreamer a été votée à l'unanimité. La foule, l'intensité des discussions m'ont donné le tournis. Le discours de mon père m'a touchée.

Beaucoup d'émotions se bousculent encore en moi. Alors, dès que je peux, je m'éclipse et me réfugie chez moi. Dreamer m'attend, près des marches de la véranda.

Je lui raconte, à voix basse, ce qui s'est passé.

Je profite de sa présence, de sa chaleur, toute proche.

La tension qui m'habitait se relâche. Insensiblement, je ferme les yeux...

*Je suis dans la clairière enneigée. Autour de moi, la meute entière. Une famille, avec les parents, la fratrie, les derniers-nés, encore très jeunes, avec des pattes disproportionnées et un museau effronté. Et*

*Dreamer qui reste à mes côtés pendant que les autres s'approchent, me reniflent, m'accueillent. Pas comme un membre de la famille. Plutôt comme une amie. Je joue un moment avec les petits. Puis la neige se met à tomber.*

*Les jeunes loups s'écartent de moi, rejoignent leur famille, qui patiente tranquillement à l'orée des sapins. Dreamer s'approche de moi.*

*Pose sa truffe contre ma joue.*

*Tout doucement.*

*Je pleure en silence, parce que je sais ce que cela signifie.*

*Soudain, le vent se met à souffler. Une tempête, de plus en plus forte. J'ouvre les yeux...*

Je suis seule, dans l'aube naissante.

Dreamer est parti.

# UN AN PLUS TARD

# -18-

Le journaliste, la trentaine, les yeux cerclés par des lunettes à monture de métal, m'a rejointe à l'intérieur de l'Espérance.

Il s'appelle Hassan, travaille pour une chaîne télévisée. C'est moi qui ai été « désignée volontaire » pour ouvrir le bal du reportage et répondre à ses questions. Mathilde et ses associés l'emmèneront voir les troupeaux et les chiens qui protègent les bêtes : Simba, un grand berger d'Anatolie, Étoile et ses petits, auxquels les deux molosses apprennent le métier.

Une expérience qui fonctionne bien.

Ari, lui, l'emmènera faire un tour dans notre réserve de vie sauvage, sur les traces de la famille de mon ami. Papa et Amandine, notre mairesse, se chargeront de lui expliquer comment Saint-Lunaire, économiquement fragile à la création de la réserve, a réussi à redresser la barre et à acquérir encore plus d'autonomie.

Dans la nef, des photographies de Dreamer et de sa meute, les gravures de Chloé et des panneaux expliquant la vie des loups gris, leur cohabitation avec les humains. C'est Mika qui a rédigé la plupart des articles avec l'aide de Rania. Il s'est inspiré des mots du philosophe Baptiste Morizot pour parler d'eux: ce sont des espèces qui habitent les interstices entre les espaces dits civilisés et ceux que l'on considère comme sauvages.

– C'est ce que nous souhaitons montrer, à Saint-Lunaire, dis-je en commentant les explications. Considérons les loups comme des guides, non comme des adversaires.

– C'est ce qu'annonce clairement le panneau, à l'entrée de votre village, remarque Hassan en consultant ses notes: *Bienvenue à Saint-Lunaire ! On n'a plus de train. On n'a plus d'hôpital. Mais notre boulanger assure. Nos maraîchers sont au top. Nos moutons sont heureux. Nos coqs chantent. Notre faune et notre flore sont protégées. Et si vous voulez observer nos loups, nous nous ferons un plaisir de vous montrer les chemins...* C'est un sacré pari qu'a pris Saint-Lunaire, non? Il me semble que vos relations avec les communes voisines ne sont pas de tout repos...

– Les conflits qui opposaient Saint-Lunaire aux autres villages se sont beaucoup apaisés, je réponds. Les gens commencent à comprendre l'intérêt de notre démarche et ses bienfaits. Les loups chassent les cervidés et les sangliers. Moralité, ceux-ci changent leurs habitudes. La flore abîmée par leur passage, leur squattage, peut se renouveler et attirer des insectes, des oiseaux, d'autres animaux. Et d'un point de vue purement humain, ça veut dire qu'il y a moins de ravages dans les champs... Enfin, les loups nous apportent également beaucoup.

– Justement, ce n'est pas un peu paradoxal de vouloir préserver les animaux sauvages de l'impact des hommes et de favoriser le tourisme ?

– Pourquoi ça le serait ? Au contraire, je suis convaincue qu'en réapprenant à créer des liens, même distants, même à travers des stages de photo ou des randonnées d'observation, on crée quelque chose de positif avec les autres espèces : un cercle vertueux… Venez, il est temps que je vous emmène voir mon père. Avec notre mairesse, il répondra à toutes vos questions. Sauf si vous préférez commencer par les troupeaux ?

– Heu… C'est loin ?

Je le dévisage de pied en cap. Il est arrivé ce matin, sa chemise est comme son visage : froissée. Manifestement, il n'a pas assez dormi. Un détour par la mairie, avec café ou chicorée, ne lui fera pas de mal.

– Un peu trop pour vous ce matin.

Je textote mon père, le préviens de notre arrivée. Puis je quitte l'ancienne église. Hassan à mes côtés. En chemin, je salue Chloé, qui profite du beau temps pour travailler au soleil et je le conduis jusqu'à la mairie. Papa et Amandine, toujours impressionnante avec ses longs cheveux roux et ses robes flamboyantes, nous accueillent sur le parvis.

Une fois les présentations faites, je m'éclipse, direction la forêt.

Cette nuit, j'ai rêvé de Dreamer.

Il m'attend.

Je le sais.

Écoutez notre voix.

*Trop des nôtres sont abattus alors que nous vivons notre vie dans notre espace vital sans déranger personne. Nous ne sommes pas en colère. Nous sommes tristes. Nous voulons que les choses bougent, à présent. Nous sentons le changement. Nous sommes les arpenteurs secrets de cette terre. Nos chants sont multiples. Nous communiquons ainsi. Et chaque voix est unique.*

*Nous ne sommes pas hostiles.*

*S'il vous plaît, arrêtez de nous tuer.*

# ET TOI, ES-TU PRÊT(E) ?

Tu te poses des questions sur les grands prédateurs,
la photographie animalière ou les écovillages en particulier ?
Tu voudrais en savoir plus ou même agir ?
Ça tombe bien, tu es au bon endroit !
On te donne quelques infos et pistes pour répondre
à toutes tes questions et découvrir comment t'engager !

Tu peux suivre le mouvement On est Prêt sur les réseaux sociaux
Facebook (facebook.com/onestpret.fr) et Instagram (instagram.com/onestpret)
et t'abonner à la chaîne YouTube On est Prêt pour des vidéos régulières !

# LES GRANDS PRÉDATEURS EN FRANCE ET EN EUROPE

## INFORMATIONS CLÉS

- 80 meutes de loups à l'été 2019 en France
- 530 loups en France en 2018-2019
- Près de 100 loups abattus en 2019 sur autorisation de l'État français

Ils étaient, au siècle dernier, au bord de l'extinction sur le territoire européen, décimés par la chasse et la destruction de leur habitat. Heureusement, au XXI^e^ siècle, les grands prédateurs sont de retour, bien vivaces ! Les populations de grands carnivores, ours, loup et autre lynx, même si elles sont très loin d'avoir retrouvé leur abondance d'antan, sont aujourd'hui « stables ou en augmentation » dans la plupart des pays européens. C'est ce que montrait un recensement – le plus complet à ce jour – effectué sur l'ensemble du continent fin 2014 dans la revue *Science*.

En France par exemple, pour prendre le cas du loup (la star incontestée de cet ouvrage !) : les analyses génétiques et études démontrent que le loup est revenu naturellement en France en 1992 dans le parc national du Mercantour depuis l'Italie d'où il n'avait jamais disparu. L'OFB (Office français de la biodiversité) dénombrait 80 meutes constituées à l'été 2019, soit dix de plus que l'année précédente, et on estimait à environ 530 le nombre de loups en France en 2018-2019.

Malgré ces chiffres encore modestes par rapport à d'autres pays européens (entre 1 500 et 3 000 en Italie !), l'espèce continue à être « régulée » par des abattages autorisés par l'État français. Ils étaient même en augmentation de près de 10 % sur un an en 2019, pour un total de près de 100 loups abattus selon l'OFB. L'augmentation du nombre de loups pouvant être abattus chaque année et les permis de tirs accordés aux chasseurs ne nous engagent malheureusement pas sur la voie de la coexistence. Il existe d'ailleurs en France, des « lieutenants de louveterie », ou « louvetiers » comme dans ce roman, chargés de cette régulation des espèces encore considérées comme « nuisibles » (alors qu'elles sont parfois en même temps « protégées »).

Heureusement, plusieurs associations travaillent chaque jour pour protéger les grands prédateurs, au premier rang desquels les loups. ASPAS, FERUS ou encore France Nature Environnement, tu trouveras sur leurs sites respectifs toutes les informations les plus récentes sur ces animaux et comment les aider. Si tu as même envie de t'impliquer à leurs côtés, n'hésite pas à les contacter pour devenir bénévole et participer à leurs actions de sensibilisation ou de protection.

Côté culture, tu as l'embarras du choix, le loup est partout ou presque ! On te recommande tout particulièrement les documentaires *La Vallée des loups* et *Marche avec les loups* (sortis respectivement en 2017 et 2020) de Jean-Michel Bertrand qui part sur la trace des loups et nous permet lui aussi de mieux les comprendre. Si tu as l'âme d'un.e futur.e chercheur.se, tu peux te tourner vers *La sagesse des loups* de Elli H. Radinger, un livre qui devrait t'en apprendre beaucoup ! En bande dessinée, on ne peut que te conseiller *Le Loup* de Jean-Marc Rochette, récompensé par plusieurs prix. Enfin, garde l'œil ouvert pour le film d'animation *Le Peuple Loup*, une petite pépite, qui doit sortir prochainement.

## LA PHOTOGRAPHIE ANIMALIÈRE

Peut-être as-tu découvert la photographie animalière en même temps que Clara dans ce roman ? Attention, si tu commences à t'y intéresser, cela pourrait vite devenir une passion ! Il s'agit tout simplement de prendre un cliché d'un animal (ou de plusieurs !) dans son milieu naturel et en liberté. La beauté de cette pratique photographique est qu'elle ne doit pas perturber la vie animale et ne reposer sur aucune mise en scène. Pour cela, les photographes animaliers doivent disposer d'un matériel spécifique (et qui peut être très coûteux) et surtout de techniques particulières pour approcher les animaux sans les perturber. On dit d'ailleurs souvent que pour être un bon photographe animalier, il faut d'abord être un excellent connaisseur de la nature ! Si les informations pour devenir un vrai professionnel de la photographie animalière abondent en ligne, elles s'adressent surtout à des personnes disposant d'un budget conséquent et d'un temps important à consacrer à leur passion. Pourtant, il est possible de s'initier en douceur et de faire des premiers pas dans cet univers exigeant. Tu peux par exemple te renseigner sur les animaux les plus communs dans ta région : oiseaux, mammifères ou même insectes. Découvre où ils ont l'habitude de se nourrir ou d'habiter, et surtout apprends à les reconnaître en un clin d'œil ! Comme ça, même avec un simple smartphone dans la poche, tu pourras faire tes premiers clichés sur le pouce. Cela pourrait te donner envie de te lancer dans de longues balades en forêt pour améliorer tes chances de faire la photo parfaite ! Et oui, c'est souvent comme ça que la passion commence...

Si tu veux te renseigner en ligne, on te conseille le site de l'ACPF (www.ascpf.fr/) où tu trouveras aussi bien de belles photos que de nombreux conseils sur un forum de passionnés. On te conseille également le documentaire *L'éternel émerveillé* sur Vincent Munier, photographe animalier, que tu trouveras facilement et gratuitement sur YouTube. Enfin, sur une note un peu décalée, pourquoi ne pas découvrir la photographie animalière avec... les pokemon ! C'est ce que propose le jeu New Pokemon Snap sur Nintendo Switch, et au moins avec lui aucun risque de perturber l'environnement naturel.

## LES ÉCOVILLAGES

Les écovillages comme celui de Saint-Lunaire sont des lieux où les êtres humains tentent de vivre en harmonie avec le monde vivant et dans une perspective d'autosuffisance. Les habitants des écovillages expérimentent d'autres modes de vie, plus respectueux de l'environnement, en recréant des liens avec leur communauté locale et en respectant les autres vivants qui habitent ce territoire.

L'écovillage de Saint-Lunaire, sanctuaire pour la biodiversité, représente un lieu foisonnant de vie. Même s'il n'est pas toujours évident d'apprendre à vivre ensemble – entre humains et avec les autres vivants – ce réapprentissage peut vraiment être libérateur et source de joie. C'est le genre d'endroits où « le boulanger et les maraîchers sont au top », comme dit Clara !

L'autre caractéristique de ces lieux, c'est qu'ils s'inscrivent dans un modèle économique alternatif. C'est pourquoi on peut y retrouver des monnaies locales, destinées à être échangées sur une zone géographique précise pour favoriser l'économie locale à travers les circuits-courts par exemple. Même si les écovillages peuvent rencontrer des difficultés économiques (en particulier à cause des impôts, des taxes et des factures), de nombreuses richesses peuvent être imaginées, comme l'éco-tourisme pour aller à la rencontre des loups. En clair, les écovillages permettent de se recentrer sur ce qui nous importe vraiment, comme les relations avec nos proches ou la préservation des milieux naturels.

Tu peux retrouver le Réseau Français des Ecovillages (https://ecovillagesfrance.org/), et également une carte de France des Éco-lieux selon leur spécificité : écologique, culturel, formations, spirituel, etc. (https://vivrerelies.gogocarto.fr/) et enfin, une super carte collaborative (https://toitsalternatifs.fr/) qui te permet d'ajouter tous tes bons plans et en faire profiter aux autres.

# ÉGALEMENT DISPONIBLES DANS LA COLLECTION

## #ONESTPRÊT

# LE CRI DU HOMARD
## DE GUILLAUME NAIL

Cet été encore, Aurore est de corvée à la charcuterie familiale. Si on ajoute à ça la sombre perspective de rester un an bloquée à Montabourg, ce petit village perdu du Cotentin – le temps de repasser son bac –, il n'y a pas de quoi se réjouir. Mais les vacances vont prendre un tournant inattendu... Suite à un pari, Aurore se fait embaucher de l'autre côté du Havre, à La Rocque, le village ennemi de Montabourg!

Là-bas, Aurore participe au lancement d'un projet qu'on annonce créateur d'emplois: un élevage extensif de homards, et rencontre Archambault, jeune, ambitieux, très loin des ados qui l'entourent. Enfin, elle sent qu'elle a trouvé sa place! À moins que la vraie nature de ce projet destructeur pour l'environnement et l'attitude cynique de ses instigateurs ne finissent par lui faire ouvrir les yeux sur ce qui se joue vraiment...

**Un récit qui sent l'iode, les premiers émois et la rébellion!**

# L'ÉTÉ DU CHANGEMENT
## DE SOPHIE ADRIANSEN

Mylan et Cléa, amis depuis l'enfance, vivent à Strasbourg et découvrent avec bonheur, en ce mois de juillet caniculaire, les joies de la Skihalle, une station de ski artificielle, à quelques arrêts de tram de chez eux.

Le mois d'août sonne le moment de la séparation, avant leur entrée au lycée.

Mylan, chez son oncle en Norvège, expérimente une autre façon de vivre, plus respectueuse de l'environnement, tandis que Cléa s'intéresse au fil de son séjour en Malaisie au sort des régions dévastées par la déforestation.

Chacun redoute que sa prise de conscience l'éloigne de l'autre. Cet été du changement mettra-t-il leur amitié en péril ?

**Un roman aussi animé et marquant qu'un été après lequel rien n'est plus pareil.**

# URBAN GARDEN
## DE FABIEN FERNANDEZ

Une ville américaine au passé industriel déclinant, un projet de centre commercial avorté et un quartier laissé à l'abandon, autour du terrain vague où règne le gang des Kings of the Mountain. C'est le décor dans lequel Scott, un ado fils d'agriculteur, se retrouve projeté lorsque ses parents quittent le Kansas en quête d'une situation financière plus stable.

Il y rencontre Tasha, qui a quitté l'école et subsiste grâce à des petits trafics. Marquée par le meurtre de Rudy avec qui elle a grandi, elle décide, pour rompre le cercle de la violence et de la désespérance, de se lancer dans un projet fou : créer un jardin urbain. Sous le regard incrédule, voire franchement sarcastique des habitants, les deux adolescents transforment le terrain vague, tandis que l'histoire de la mort de Rudy est enfin révélée.

**Un roman coup de poing qui fait pousser des plantes sur le béton et des idées dans les têtes.**

# LE BUZZ DE L'ABEILLE
## D'ISABELLE RENAUD

« C'est une blague ! » Quand ses parents lui annoncent qu'ils vont quitter la région parisienne pour se lancer dans le maraîchage et l'apiculture bio à la campagne, Agathe tombe de sa chaise. Pour cette ado dont la vie tourne autour de ses amis et de sa chaîne Youtube « Le Buzz de Paris », s'éloigner de la capitale, c'est le drame ! Que va-t-elle devenir chez « ces ploucs » ?!

De Montreuil aux contreforts du Vercors, tous ses repères volent en éclats. Wifi, sorties et même les amis... rien n'est pareil ici ! Et, tandis que ses parents néoruraux accumulent les soucis, la tension monte dans le village autour d'un projet de carrière de pierres qui sème la zizanie. Même avec Adam, lycéen charismatique très engagé pour la préservation de ses montagnes, les débuts sont explosifs !

Pourtant, à son contact, Agathe découvre que la vie peut se révéler plus palpitante que prévu à la campagne...

**L'aventure d'une famille de néoruraux drôles et attachants, dans une campagne en pleine mutation écologique !**